14

All about Love

14

All about Love

14 All about Love

幸福，未完待續

Once in a Blue Moon

by Sophia

01

在聯誼裡每個人都想搶到最熱門的那個人，但仔細想想那種熱門的人又何必參加聯誼，可是在那種跟打獵氣氛沒什麼兩樣的時候，最先想到的並不是愛情，而是想在這場爭奪裡獲勝。

就是因為太過無聊才會答應參加聯誼，沒想到聯誼卻更加無聊。

先是以目光打量對座的異性，以外顯的容貌穿著甚至動作排定進攻順序，接著在禮貌性的輪流自我介紹之間盡可能拋出問題取得訊息並且引起對方注意，最後在混雜的自由交談時間裡開始進行更加詳盡的評估，例如對方的身家對方的談話內容但更重要的是攻下對方的可能性。

當順位一被評估為「無法攻得」便轉向順位二，至於這樣的流程會經過幾次取決於自身的魅力與能力以及起初抱持的心態。

有一類人強烈的希望尋覓到命定的另一半，因此和第一順位沒有發展的可能後便將聯誼的目的轉變為社交應酬，甚至可能連第一順位都是空位。

另一類人則是亟欲填補身旁的空位，彷彿「單身」就是一種地位低下的象徵，只要有任何一點可能終結單身的機會都不放過。

簡單來說就是寧缺勿濫和寧濫勿缺兩種極端。

當然還有介在中間偏左偏右的其他人，但出現在聯誼場合的其實還有一種格格不入的物種，因為無聊因為人情壓力因為各種理由而單純來湊人數，例如我。

靠在椅背上我伸長右手拿著叉子撥弄著盤中的義大利麵，我猜想主辦人刻意挑選了燈光昏暗的餐廳，趁著酒酣耳熱佐以模糊不明的曖昧感能讓抱持著愛情幻想的人更加快速的掉進愛情的漩渦。

音樂聲和交談聲顯得有些嘈雜，偶爾聽見同事們嬌柔的笑聲或是對方男士們刻意強調的爽朗，坐在邊緣的位置打從一開始就是被拉來湊人數，所以實質上男多女少的狀況下女人們能得到更多的注目與奉承，但其實女人的眼光意外的統一，被爭奪的大概是二號跟三號。

將視線轉回盤子裡無辜的義大利麵，放下叉子拿起水杯淺淺沾了點水，抬起眼我看見我前方的男人同樣顯得意興闌珊，我又重新評估了狀況，同桌的另外四男四女相當熱絡的交談，彷彿被無形圍籬相隔開來的我和他儘管對上眼卻也沒有對話的打算。

「我想起還有點事，先走囉。」

簡單的對同桌的人打聲招呼，雖然希望我留下的聲音此起彼落，但席間卻連一絲挽留的氣味也嗅聞不到，那些話語只是一種社交禮貌。

「我也一起走。」意料之外的是對面的他也站起身緩慢地走到我身邊，「走吧。」

走吧。

因為太過流暢我也就安靜的跟在他的身後，看著他的背影卻感到微妙的不對勁，直到踏出餐廳被明亮路燈照耀的瞬間我才發現，那是今天他和我說的第一句話。

男人並沒有送我回家，肩並著肩安靜的走著，雖然聯誼一開始每個人都做過自我介紹，但對面那一排男士無論是誰我都沒有記下名字，這時候詢問也顯得尷尬，更何況大概不會再有交集。

走到路口男人停下腳步轉向我，透過路燈與一旁店家明亮的燈光我終於看清他的長相。

「我搭捷運。」他這麼說。

「我搭公車。」我這麼回應。

於是他左轉而我右轉，雖然覺得這時候他至少該陪我走到公車站，但多一段路途等於多一段尷尬，停下腳步我轉身望向他的漸遠的背影，某種微妙的浮煙在我腦中燃起卻沒辦法辨別，轉回身重新走往公車站，既然無法辨別那就算了。

大概也不是多重要的事。

□

「我今天晚上要去約會。」

「嗯？」

「那天聯誼認識的人，」說到一半經理突然走進辦公室，靜媛拉回身飛快地敲擊著鍵盤，我低下頭又抬起頭相當認真地核對著文件，經理拿了資料幾乎沒有停留又離開了辦公室，同時靜媛也離開電腦重新回到方才的話題，「雖然是第二順位，但也不錯。」

「那第一順位呢？」

「沒人得手，我是女方場上唯一有收穫的人。」

愛情就像攻略遊戲，需要戰略需要運氣更需要時機，靜媛相當熱衷於參加聯誼活動，倒不是多想脫離單身，更準確的說也許是更喜歡中間那段曖昧，大概是你但也可能不是你，被這種不安定感縈繞而嘗試以各種方法進行確認，相當累卻也是愛情之中最多滋味的一段過程。

「恭喜。」

「真沒誠意。」她的心情相當好，周圍彷彿少女漫畫一般開滿粉紅色薔薇，

「妳那天不是跟……想不起來名字了，總之你們不是一起離開嗎?該不會……」

「我也不記得他的名字妳覺得會有什麼嗎？」

「是喔。」她突然漾開十足少女的甜美微笑，但明明就是走美豔路線的裝扮，還真是強烈的違和感，「所以才要有第二次邂逅。」

「什麼第二次邂逅？」

「聯誼之後立刻單獨見面會縮短美麗的曖昧時光，所以我提議我和他各自帶一個朋友，那個男的好像就是被他拉去的，所以妳會陪我去吧？」

她用著企盼的目光緊緊盯著我，選在我特別閒的星期二想必是預謀，她更進一步的扯了扯我的手，嘆了一口氣明明就是她要談戀愛為什麼我要這麼累?

「就跟妳說過妳的臉只適合當壞女人，」通常我這麼說就表示我「很有自尊的投降了」，她露出「果然妳敵不過我吧」的表情，「這種陰險的表情才適合妳。」

「這也是為了妳好啊，妳想想，我們的生活就只有公司，頂多再加上妳那都是女人的瑜伽課，哪來的男人啊，如果不積極找尋機會就等於沒有機會，雖然不是說一定要有男人，但有男人世界還是不一樣的，總要轉換一下心情吧。」

靜媛翹起腳環視了辦公室，搖了搖頭以評論家的語氣鏗鏘的說著。

「妳看看，辦公室裡的男人：中年接近老年的大叔、優質男但已經是人夫、年輕帥哥身邊卻繞著更年輕的新進社員，這就是現實的殘酷。」

□

但看著朋友和另一個男人互送秋波不是更殘酷的現實嗎？

雖然已經做好忍受被愛情襲擊的準備卻沒料想到結果會如此尷尬而僵硬，勉強笑著顯得相當冷淡的靜媛對比上積極熱烈的男人，火能融冰是物理學上反覆被驗證的現象但不一定能在愛情的世界中得證。

總之我感受到強烈的高低溫差，從我身體的兩端竄進我的毛細孔，並不是愉快的體驗。

低下頭安靜地咀嚼著烹煮過久的牛肉，原本預定的四人餐桌卻不平衡的空了一個位置，似乎連靜媛都沒有預料到如此的展開，抱歉約好的朋友臨時要開會，男人這麼說而靜媛看了我一眼，不是歉意而是濃且隱匿的失望。

這個男人出局了。

他似乎不太擅長說謊，立刻就能看穿他從起初就只想和靜媛單獨見面或是希望餐桌上只有他一個男人，前者頂多積極的讓人討厭，但男人卻以極度不平衡的姿勢倒向後者，對於正要開始萌芽的愛情任何一點風雨都會扼殺那未冒的苗，何況是如此暴風雨般的噁心感。

更準確的來說，在明亮的燈光下所看見的男人和那天在昏暗視線裡所散發的氛圍也許截然不同，他是最熱門的三號男人，勉強能記住他的長相，但眼前這個男人似乎太油膩了一些。

明顯就是花心鬼，甚至還趁著靜媛到洗手間的空檔向我示好，不知道在我們眼中他比油亮油亮的烤雞腿還不如了嗎？

簡直就是油膩膩的肥肉。

好不容易找到藉口得以脫身，靜媛臉上再度浮現和美豔外貌完全衝突的無辜神情，真的、看見這樣的搭配一不小心就會失手將手掌揮去。所以我很認真地忍耐。

「我怎麼知道一打了燈鬼魅就立刻現形。」

「至少第一次約會就發現，省得麻煩。」

「為了表示歉意，就讓小的請妳喝酒賠罪吧。」

靜媛學著古代丫鬟側身微蹲的恭敬姿態，但她的誠意也就只有到便利商店的啤酒層級，伸手想拿隔壁玻璃瓶氣泡酒還硬生生被攔截，拍下我的手，我突然想起來下星期才發薪水，靜媛是標準的月光族。

「我不喜歡喝啤酒啦，大不了差額我自己補嘛。」

「喝酒解悶重點在於喝酒而不是喝什麼酒，」總之靜媛以獨裁女王般的霸氣搬了半打罐裝啤酒，皺起眉她大概是打算喝醉，「而且喝啤酒才愛台灣。」

邏輯在哪？

所以德國人也愛台灣嗎？

反正都已經結帳也沒辦法改變，於是我決定忽略她的謬論，走在她身後我們在便利超商外的座椅坐下，她遞給我一瓶極為冰涼的啤酒，扳開拉環的瞬間總有股暢快感，無論是汽水或者酒精彷彿釋放罐中氣體的剎那同時也釋放了自己，啪的一聲接著是大口灌進冰涼的液體，這時候我想是酒是飲料或者水都無所謂了，那與體內高溫相抗衡的低溫才是我們渴求的目的，藉由巨大的衝突感證明自身的存有。

「在聯誼裡每個人都想搶到最熱門的那個人，但仔細想想那種熱門的人又何必參加聯誼，可是在那種跟打獵氣氛沒什麼兩樣的時候，最先想到的並不是愛情，而是想在這場爭奪裡獲勝；然後那些也許真的因為木訥因為害羞而想在聯誼中找到愛情的人，卻只能比平時更加安靜的看著眼前的爭戰，而且就算真的因為聯誼而得到愛情，也會有一種『說不定只是因為兩個人都需要愛情，而不是從我們之中萌生了愛情』這種想法。

「雖然不是每個人都這樣，但我啊、打從一開始就沒有想過會在聯誼場合裡萌生愛情，我只是想找到已經被握在手裡的愛情，一旦枯萎也不會感到疼痛，雖然會難過但只要不是從無到有，就能比較坦然的放手，因為不是專屬於自己的，只要頻率相近的人誰都能輕易的帶走那份愛情，既然是一開始就有，那就是他的而不是我們的，就算中途經由兩個人的照護而更加茁壯那也只是共同照顧並不是共同擁有，所以參加聯誼只是為了找到能夠談戀愛的對象，而不是想找一個能夠深深愛上的人。」

靜媛只要一攝取酒精就會開始說大量的話，彷彿藉由酒精能夠讓積聚在自己體內不敢說出口的話語一次性宣洩而出，她並不常喝酒，只是在某些時候感覺自己正微微陷落，那隱微的不安需要介質進行傳遞，儘管是感情良好的我和她也沒辦法直接傾訴，並不是不信任，**只是害怕**。

害怕自己太過軟弱。

側過頭我看向她，突然發現她腳邊的鋁罐全部都已經空了，她傾斜身體靠在我的肩上，過高的體溫和濃烈的酒氣隨風飄送過來，她輕輕的笑著，伸手拿住我手中的啤酒罐。

「妳根本就沒喝。」

「就說了我不喜歡喝啤酒。」

「不能浪費，我幫妳喝掉。」

「妳今天喝太多了……」

喝醉的人力氣都會比平常大上許多，據說是壓抑自我能力的腦區被酒精麻痺，所以人會失去理智失去控制能力或者失去意識，所以我只能看著她開心的喝完最後一罐已經降溫想必滲著苦味的啤酒，然後看著她帶著很堅定的公德心搖搖晃晃的抱著空罐不很俐落的扔進回收箱。

「我送妳回家吧。」

「我今天不想回家。」

「明天還要上班，妳不回家要去哪？」

「去……」緊緊盯著她避免她突然一個踉蹌跌落在地，蛇行般歪斜的行走，不知道為什麼這一刻我感覺到的並不是厭煩而是滑稽，喝醉酒耍賴的樣子意外的符合她的長相，「欸，那個人，那個人是不是那個五號啊？」

順著她的指間我的視線投向不遠處的前方，有些相似但我卻無法肯定。我總是很難記住一張臉。

「是不是都無所謂，走啦。」

「我們找他一起喝酒，氣死那個油膩膩的男人。」

「說不定他說跟五號是好朋友也不是真的，再說認錯人很尷尬。」

「才不會認錯人，我啊，會認錯路、記錯帳可是絕對不會認錯人，尤其是男人。」

這點倒是真的。

但前提是在她清醒的時候，正想這麼說她就已經奔向男人站立的位置，男人轉身的瞬間也被靜媛拉住，「你是那天聯誼的男生對不對？真巧，不對、本來就說要一起吃飯但你沒有來……」

「抱歉，我們剛剛跟你朋友吃晚餐，他說你臨時有事不能來。」用力的拉開她的手，費盡全身力氣才勉強制住她，「她醉了，抱歉，我帶她回去。」

「我才沒有醉。」說這句話的人百分之百就是喝醉了，例如說好人並不會說自己人很好，「為了補償被你放鴿子的我們，我們去喝酒。」

最後靜媛並沒有如願拉著男人喝酒，隨著時間流逝她體內的酒精並沒有被代謝掉，而是更完整的被吸收，於是更加猛烈地癱瘓她的理智，旋即釋放出始料未及的巨大猛獸。我也沒有料想到六罐啤酒能有如此強勁的效力。

靜媛無論如何都不想回家，也不想到我家，連旅館這個選項都被駁回，最後像是靈光一現她的注意力轉到男人身上，接著就發揮無人能敵的酒後無賴性格，逼迫男人揹她回家。

男人沉下臉打算轉身離開，但靜媛伸出手用力扯住他的衣服，我好像、雖然我希望那是錯覺但我的確聽見衣服撕裂的聲音。

「拜託……」

牙一咬我也伸出相當不情願的但被大腦強迫的右手拉住他的手臂，依照靜媛的現狀也只能順著她，否則三個人都別想睡了。

男人相當無奈，非常的無奈，如果無奈有衡量的尺度絕對是最大的那個數值，他半扛著沒有理智但仍舊有意識的靜媛走進他的住處，被扛著的靜媛不安分的掙扎，偶爾還用力拍打著男人唱著歌，雖然路人不多但每個人目光都投注於我們身上，男人的臉色極度抑鬱，我盡可能低下頭用包包遮住臉，現狀已經無法用尷尬來簡單說明了。

正常狀況下也許我應該擔心一下這個男人會不會是壞人這類的可能性，然而無論是多麼遲鈍的人都可以感受到，男人像看到細菌一樣想乾淨地甩掉我們。

在靜媛被男人丟在床上之後沒多久，她就愉快地睡去，留下面面相覷的我和男人。

尷尬到好想撞牆。

「不好意思……」

「覺得不好意思一開始就應該把她拉走。」也許是心理作用但我總感覺男人散發著冰冷而刺人的殺意，我想掐死妳們兩個，空氣中彷彿飄送著這樣的意念，我打了個寒顫看著男人沉默而果斷地轉身離開，即將踏出房門之際他再度打破沉默，「把門鎖好，不要讓她跑出來。」

然後留下了逼近冰點的另一個沉默。

我真的好想撞牆但牆是他的，嘆了一口氣我把門鎖上又搬了椅子堵在門口，最後在靜媛身邊躺下，明天還要上班，真是雪上加霜。

02

「最近的女人心機都這麼深沉嗎？」

「什麼？」

「喝醉酒硬要人帶她回家，醒來又把手機留下來，如果只有她一個人怎麼想都是手段，但多了一個人，是詐騙集團的新的手法嗎？」

眨了幾次眼看著陌生的天花板和陌生的房間唯一熟悉的只有躺在右手邊的靜媛，頭好痛當然不是宿醉而是想到窘困的現實，用力搖醒靜媛她壓著頭掙扎著起身，唯一慶幸的是儘管她會耍賴但不會賴床。

「頭好痛，」相當沒有形象的她滾下床，抓了包包撈出一瓶水並且大口灌下，「這裡是哪裡？」

……這裡是哪裡？

天啊我快瘋了，忍耐、一定要忍耐，外面那個男人都能忍下來了我當然能撐住。

對、外面還有個男人要面對。

明明喝酒的就不是我為什麼我要被尷尬掐住脖子還不能撞別人家的牆？

「五號他家。」

「五號？」她揉了揉太陽穴，「擋住門的椅子是怕他半夜進來嗎？我們是被他騙進來的嗎？」

「不是，是妳纏著人家，而且椅子是為了擋住妳。」

「妳在開玩笑……吧？」

「等一下還要上班我現在一想到走出門就會遇見他尷尬得都想撞牆了我哪有心情跟妳開玩笑！」

一口氣說完我深深的呼吸，整理好衣服摺好棉被最後把椅子放回原先的位置，瞪了一眼靜媛讓她明白我的怒火中燒。她站起身又露出小白兔的可憐表情，臉上凌亂的妝容像是跟大老婆打完架的小三，又瞪了她一眼但男人不會因此就不存在。

默默地嘆了口氣走到鏡子前拍了拍自己的臉頰，泛紅的臉頰容易讓人產生好感，產生好感之後怒氣比較難以迸發，因此策略就是先讓對方賞心悅目進而放過我們。

現在只能衷心期盼男人是優質良善絕對不會記恨的好青年了。

□

像小偷一樣很輕、相當輕地旋開門，說不定男人還在睡那我們就不留雲煙的離開，雖然有點像電影裡的一夜情模式但我和靜媛的處境尷尬多了。

「客廳裡沒人耶。」靜媛用氣音在我耳邊說著，「說不定他睡在客房，我們可以趁機溜走。」

「有客房他還會讓我們睡他的房間嗎？」

「也是耶，那……」

「小聲的走、說不定他在廁所又說不定他已經出門了，總之要無聲無息的離開。」

走出房間邊走邊四處張望，大門就在不遠的前方，原來現實也沒有那麼殘忍，只要能碰到那個閃閃發亮的門把，我就能走出這個每個空氣分子裡都包含著尷尬的空間了。

救贖的出口就近在咫尺了……

壓下門把連高跟鞋都不打算穿，我先把動作顯得有些遲緩的靜媛推出去，接著拎起自己的高跟鞋正要踏出去的瞬間，我的身後傳來撒旦般的耳語。

「這是想逃走的意思嗎？」

我看了門外的靜媛一眼，她驚慌的表情對上我的又透過我望向大概就站在我身後的男人，下一秒鐘，對、就是在下一秒鐘又讓我再次後悔和她當朋友。

而且還是好朋友。

靜媛不顧一切地關上大門，我就這樣看著已經被打開的門砰的一聲又在我眼前被關上，一時間接受不了現實我只能傻傻地望著眼前那片深咖啡色，眨了眨眼又突然像斷電後再度被接上線的瞬間，啪的一聲靜媛甩上的門彷彿撞擊在我身上。完全不可置信。

這、個、女、人。

我一定要殺了門外那個女的，雖然想衝出去踹她幾腳但在那之前我得先保住自己的性命。

背後還有一個路西法。

「妳跟妳的朋友還真不是普通交情呢。」

這一定是諷刺。

我僵硬的轉過身，男人好整以暇的倚在牆邊似笑非笑地看著我，尷尬地扯開笑容，「怕吵醒你，所以就想安靜的離開……」

「一整夜提心吊膽擔心妳朋友衝出來，妳覺得我睡得著嗎？」

「那、那我們更應該離開讓你好好補眠，昨天真的很謝謝你。」偷偷往後退了一步，「上班可能會來不及，所以我……」

「把名片留下來。」

「什麼？」日後要用來尋仇嗎？怎麼會有這麼愛記恨的男人……

「我的床單被子全都是妳朋友的酒味，送洗總要有地方收帳吧。」

「那我去拿她的名片給你……」

「看了昨天的狀況和剛才她的行為，她似乎不是很負責任的人，沒辦法朋友是妳挑的，我只要有人可以付帳單。」

心不甘情不願地掏出名片，他接過之後甩了甩手大概是說「妳可以走了」，鬆了一口氣才剛要伸手壓下那閃亮亮的門把他的聲音又落在身後。

「我忘了，還有被撕破的襯衫。」

知道了啦。雖然想帥氣的轉身大吼但不幸的是我的立足點硬是比對方矮了一截，迫於情勢我只能側過頭撐開哀傷的笑容，嘴角大概有些抖動但我已經盡力了。

「那就，請你一起把帳單送過來吧。」

終於撒旦大魔王再度甩了甩手，退下吧，我的耳邊彷彿響著他居高臨下的聲音。但他連開口都省了。

我咬牙切齒用力壓下那一直懸在眼前的閃亮亮門把，我終於打開這道離開地獄的門。

走出屋子的瞬間立刻看見躲在牆邊的靜媛，盡我所能兇狠的瞪著她，接著想體現 rocker 摔破吉他的氣概用力甩上門但手卻僵在門把上，這扇門看起來很貴萬一弄壞那男的一定不會放過我，逞一時之快說不定帶來的是一整疊的帳單一點也不划算，最後只好溫柔的帶上門。

真是鬱悶。

「沒事吧？」

靜媛討好地走到我身邊，一臉憂心差一點我就要心軟但我又想起剛才門甩上的瞬間，像是欠她的一樣，我跟她的友誼就是建立在「她闖禍、她逃跑、我收尾、她搖尾巴裝可憐、我心軟原諒她，接著她又再度闖禍……」，所以說到底就是我活該。

「許靜媛，妳這樣還算朋友嗎？」

「一不小心就……我不是故意的嘛，請妳吃早餐好不好？公司樓下很貴的摩斯漢堡早餐喔，對不起嘛……」

難怪她媽媽逢年過節就送一堆水果餅乾給我，她們母女倆的行為模式根本一模一樣，只是差別是她媽媽的歉疚在於把女兒丟給我。

我的頭好痛。

□

度日如年。

儘管沒有宿醉但穿著和昨天相同的衣服就是辦公室流言的開端，遑論靜媛那張用濃妝也蓋不住的倦容；低下頭假裝什麼也沒察覺認真敲擊著鍵盤，統計數字或是廠商名單不管哪個只要不用靠近另一個人就好。

就算我沒喝酒但睡在某人身邊勢必沾染上氣味，而且那個罪魁禍首的某人「恰好」有盤點庫存的工作，於是我就理所當然的成為流言中心。
射中就能得到十分的紅心。
才剛慶幸今天經理沒有外務也許會整天待在辦公室批示文件，整間辦公室大概就只有他不知道我沒換衣服，而有他在所有人都不敢輕舉妄動；但突然經理站起身披上西裝外套，我瞪大眼但他仍舊消失在我的視野。
需要的時候他不在，不需要的時候偏偏繞在身邊，這就是名為主管的生物。

「昨天去哪玩啦？」
經理前一秒才踏出辦公室，下一秒隔壁的大姐就湊過來，雖然說是隔壁但明明隔了一條走道，我的嘴角大概又在抽動了，稍稍移開身體並且努力的祈禱我位於下風處。
但理想和現實總是背道而馳。
「喝酒了啊。」她曖昧的使了眼色，「下次也帶我一起去吧，其實我們年紀也沒差多少，喜歡的應該差不多，對吧？」
「呃……嗯、下次有機會的話……」

大姐的年紀恰好介在我和我媽之間，依照她的邏輯：她和我沒差多少，她和我媽也沒差多少，於是得證我和我媽也沒差多少。

完全是能夠讓親子關係專家失業的結論。

「別看大姐這樣，」她靠得更近一些唇的邊緣幾乎要碰上我的臉頰，我不著痕跡地拉開距離但在移動的途中我差點失聲尖叫，「就算是一夜情我也是能接受的。」

「咳、咳……」被自己的唾液嗆到但在辦公室裡生命排在名節之後，所以我一邊咳嗽一邊不引人注目的努力解釋，「真的只是喝酒而已，就我跟靜媛兩個人，其他再多的就沒有了，絕對不是妳想的那樣……」

「不用害羞啦。」大姐擺出「我完全理解」的表情，她到底理解了什麼？接著她突然伸手從我上衣口袋抽出一張名片，「這不是男人是什麼？」

是債主。

不對、那個男人根本沒有靠近過我啊，什麼時候——

但這不是重點，迅速地拿回名片連看都不想看就塞進抽屜，但我已經徹底被大姐了然於心的曖昧微笑滅頂，下次記得找我一起去啊，她的聲音在我耳邊嗡嗡嗡響著，彷彿夜裡在房裡肆無忌憚飛著的囂張蚊子，睏倦又煩躁的胡亂拍打牠仍舊在四周飛著，又得寸進尺地吸著血，結果我們失眠又失血而蚊子卻愉快地去繁衍後代。

我打死都不會約她一起去找一夜情對象。

不對，我根本就不會和哪個人發展一夜情，甩了甩頭竊賊般讓抽屜拉開狹窄的空隙，伸進食指移出那張名片，混進桌面上的文件堆若無其事地讀著。

孟祈遠。孟、祈、遠，我喃喃唸著，祈遠，大概一堆人都祈求他離自己遠一點吧，再說孟撒旦、孟魔王或是孟小氣不然孟記恨鬼都更適合他。

更糟的是，他還是我們母公司的高級經理。真是，明明就是高社經地位的人還計較那麼一點送洗費，但我又想起來那件襯衫，雖然沒機會仔細看但那觸感絕對不是便宜貨……不關我的事，對、是許靜媛造的孽就算帳單放在我面前該付錢的還是她，沒錯、根本就不關我的事，緩慢地深呼吸，儘管有相當不好的預感但我相信是自己多心。

對、下個月要啃吐司的人是許靜媛不是我。

絕對不是我。

「妳說什麼？」

高兩個八度的歇斯底里尖叫確實是我發出來的，拖到下班走出公司才告訴我想必是害怕我掀了辦公室，剛下班的職員們不時投以好奇的視線，我低下頭扯著靜媛的手躲進兩棟建築物之間的陰影中。

「許靜媛，妳再說一次。」

「我的手機好像掉在五號家裡了，我翻遍包包跟衣服口袋都找不到……」

「說不定掉在路上，妳打過電話過去了嗎？」

「嗯……」

「結果呢？」

「是五號接的……」

不行、我的頭好暈，大概是大腦缺氧，「妳自己去拿。」

「我跟他說下班後妳會去拿……」

「妳、說、什、麼？」

瘋了，我真的會瘋掉，我寧可面對當眾告白卻直接拒絕我的大學學長也不要再和那個男人打交道，這次我絕對不會心軟。

「不去，絕對不去，妳自己去不然妳乾脆換新手機。」

「人家上個月才買的耶，兩萬塊、兩萬塊耶，我一個月薪水也才三萬多，不行啦，我知道妳對我最好了，拿了手機就可以走了啊，我會陪妳到樓下。真的。」

「既然都能到樓下妳就直接上去拿啊。」

「很丟臉耶，只要想到昨天跟今天早上連續兩天在他面前……真的很想死，不要，我不要面對他。」

妳到底知不知道從昨天到今天我已經替妳面對他幾次了嗎？

「妳丟臉我就不會丟臉嗎？」

「喝醉的是我啊……」

「妳也記得喝醉的是妳啊，嗯？」

「拜託嘛，他說如果晚上八點之前不去拿，他就會跟垃圾一起打包扔掉，妳忍心讓兩萬塊的新手機被垃圾車絞壞嗎？」

「又不是我的。」

「我的就是妳的啊，對吧。」

我沒有設想過一天要面對他兩次，而且都以低一階的姿態。

站在門邊他依然是似笑非笑的表情，簡單的居家服卻散發著迫人的高級感，大概是已經習慣如此的劣勢所以冷靜許多，原來我的適應力也不是普通的強，但也因此我能夠比較仔細地端詳他的臉。

無論如何都要牢牢記住債主的臉，越仔細越好，最好到了所有人都還沒意識到他的存在自己就能準備逃跑的程度。

比一般人深邃一些的五官，但也就一點點不到會誤認他是原住民或是混血兒的程度，偏向單眼皮的雙眼皮，大概讓他看起來更顯得冷漠，如果撤旦有著渾圓的大眼睛那才更可怕，微微挑起的唇角薄了點，雖然分開來看都不是多麼完美的五官同時擺放在一起卻讓他絕對不會偏離好看的定義。

上天真是不公平。

好的東西就通通都給你好啦。

「看完了嗎？」

顫了一下不自覺地咬了下唇真是丟臉，憑著毅力扯開嘴角硬是在乾澀的喉嚨擠出幾個字，「又……見面了。」

「這就是所謂的陰魂不散嗎？」

我什麼都沒聽見。

「我是來幫我朋友拿手機的。」

「最近的女人心機都這麼深沉嗎？」

「什麼？」

「喝醉酒硬要人帶她回家，醒來又把手機留下來，如果只有她一個人怎麼想都是手段，但多了一個人，是詐騙集團的新的手法嗎？」

「你以為我願意嗎？都快丟臉死了我也不想再見到你，你放心，拿回手機之後我絕對不會再出現在你面前。」

「現在妳想離開也沒辦法，等付完帳單再說吧。」

「不用擔心，就算我們窮到只能啃吐司也還是會付完那些該死的帳單。」

「妳要啃吐司還是啃雜草都不關我的事，不過既然都來了，那就順便把床單跟枕頭套換了吧，清潔阿姨明天才會來，但這張床我實在沒辦法睡。」

什麼？他剛剛說什麼？

「帳單我會付但你搞清楚我不是你請的傭人，要換床單你自己換，不肯換就睡地上。」

「手機，」他揚了揚手中的黑色物體，「不要了嗎？」

卑鄙的男人。

「那又不是我的手機。」

死命的瞪著他但他勢在必得的表情實在讓人討厭，突然間手機響了起來，他看了螢幕接著故意轉向我讓我看得清來電顯示卻又拿不到手機。伶悠。雖然不想承認但那的確是我的名字。

剛剛靜媛就是用我的手機打給他，我居然忘了拿回來。

「她說這不是她的手機，不還也無所謂。」他居然乾脆的接起電話，還說些混淆視聽的謊言，「妳先回去吧，反正能從我手裡拿回手機的也只有她而已。」

「你……」

「她說好，然後就把妳留在這裡了。」他唇邊的紋路加深了些，帶著嘲諷意味的微笑，「妳們果然不是普通交情。」

許靜媛居然放心讓我和一個男人獨處，而且還是在對方不懷好意的要她先回去的前提下，是把我留下來賣身就為了贖回她的手機嗎？

「要選值錢的手機，還是不值錢的自尊心，嗯？」

雖然想帥氣的說「當然是自尊心」但如果把讓步解讀為丟臉而不是丟自尊心，那這兩天我丟的臉也不差接下來的一點……咬著唇我看了他又看了手機，換個床單而已對吧。

抱著孟祈遠的床單帶著疼痛感極為緩慢地走在沒有路人的陰暗小巷裡，佔據我思緒的並不是害怕而是炙熱的怒氣與濃濃的哀傷。該死的男人。

半小時前我心不甘情不願地替他換了床單和枕頭套，才剛走出房間就聽見他說：「反正妳要下樓那就順便倒垃圾吧。」

「我不要。」走到他面前我伸出手，他甚至連抬頭都沒有逕自讀著手裡的文件，「床單我已經換好了，手機還我。」

「聽見垃圾車的聲音了吧，僵持不下的結果就是來不及丟垃圾，我不會讓垃圾在我家多待一天，所以妳是要拿下去丟，還是帶著回去我都沒意見。」

怎麼會有這種男人？我快瘋了，我還以為遇上靜媛這種老是闖禍要別人收拾的生物已經夠倒楣了，沒想到還能更加倒楣的遇上百分之百自我中心而且會以各種手段脅迫對方依照他的速度公轉的孟祈遠。

再這樣下去我絕對會開始懷疑自己有吸引特殊生物的奇異體質。

總之我帶著怒氣帶著怨念帶著無奈綁了垃圾袋下樓丟了垃圾又上樓回到他面前，最後連歇斯底里的力氣都沒了，只能幽幽的擠出極少量的字：「手機。」

終於孟祈遠抬起頭看了我一眼，對著桌上的手機揚了揚下巴意思大概是「妳可以拿走了」，但又在我抓起手機的瞬間他的手壓上我的制止我的動作。

溫度。他的溫度毫無保留的傳遞而來儘管只是掌心，愣了一下想抽回手卻動彈不得。

「先到房間。」

房、房間……默默地嚥了口口水，直視著他的雙眼讓人呼吸變得急促，斂下眼視線卻不經意落在他的手疊放在我手上的畫面。

這時候我才意識到我是女人而他是男人並且這裡沒有其他人，再怎麼說我也長得不差，孤男寡女在偌大顯得格外寂寞的房子裡，難道他……

那我該先尖叫還是先逃跑？

又說不定……

「把床單帶去送洗，我不喜歡陌生人出現在我家，所以洗完妳送回來就好。」

什麼？

他剛剛說什麼？

收回手他再度低下頭將注意力轉回文件上，一時間我的腦袋無法順利運轉，一動也不動的盯著他的頭頂，手背上的溫度似乎持續擴散著，眨了眨眼突然我完全理解他的話意，竄上的是濃烈的怒意還有更多對方才自己亂七八糟想像的窘困。

天啊我剛剛到底在想些什麼？

雖然我脾氣很好但那仍舊存在著極限，當然我不會承認這是一種惱羞成怒。控制不住自己抬起右腳接著包裹著怒氣往面前的男人狠狠的踢去——

痛。好痛。

蹲下身我抱著自己的右腳為什麼桌腳會擋在我面前？為什麼為什麼為什麼？

「妳把桌子踢歪了。」冷淡的說完後他把桌子推回原位，「還不去嗎？洗衣店要關了。」

腳痛到我的眼眶忍不住泛出淚水，吸了吸鼻子沒關係就算丟臉至極但都在同一個人面前那也算是一種幸運，反正以後只要躲開他就好。

對、就只要創造一個沒有他的美麗新世界就好。

曾經我期盼過這樣的場景，一個女人在煮著咖啡的空檔安靜地凝望著屬於她的男人，不需要言語也毋須任何實質上的碰觸，只要偶爾他的一抬眼讓我明白他的眼中此刻只有我，那就是一種奢侈的幸福。

「妳就這樣把我丟在一個男人的家裡，妳還算是朋友嗎？」

「不是沒事嗎？」靜媛開心地摸著她的手機，完全無視於為了她丟光所有臉的我，「而且他很帥啊，聯誼那天其實大家一開始的目標是他呢，只是他完全不理人才讓那個豬頭男有機可乘。」

「他帥不帥並不是重點！」

「不然重點是什麼？」

靜媛放下手機很認真的回問，看著她疑惑得相當誠懇的雙眼，一時間我竟然說不出話來。

不是這樣、絕對不是這樣，「重點是我是女的他是男的而且是陌生男人萬一他對我怎麼樣妳說該怎麼辦？」

我是相當冷靜的一個人，大多時候是這樣但靜媛存在的場合通常屬於例外的部分，並且更加不幸的是多數閒暇時間我的身邊總是有她。

「第一，結果就是沒怎麼樣啊。再說要想做什麼那天我們喝醉不是更好下手？」是「妳」喝醉不是「我們」喝醉，「第二，要真的怎麼樣的話……妳就賺到了。」

我好想掐死她。

算了，再跟她多說一句話我的腦血管破裂的可能性絕對會飆高到百分之百，所以我拿起遙控器胡亂的轉著，右腳似乎隱約傳來疼痛同時傳來陣陣屈辱感但那之中似乎藏匿著若有似無的餘溫。

「伶悠……」

不要理她。千萬不要理她。看她臉上掛著興致高昂混著小羊般天真又充滿好奇心的表情意味著她正打算製造我的災難，再說她美豔至極的長相和這樣的表情全然違和，真是令人毛骨悚然。

靜媛坐到我身邊像高中女生探問八卦一般擠在我身邊，我向右移動了一大段距離她也跟著黏上來，現狀是我被困在沙發把手和許靜媛之間，想看電視就得先轉向她，於是我就盯著牆壁看。

這裡明明是我家。

「你們……真的沒有怎麼樣嗎？」

「沒有。沒有。沒有。」

「沒有幹嘛那麼激動，嗯哼？」我死盯著牆壁無論如何都不能轉頭，但靜媛吐出的溫熱氣息卻帶著濃重的壓迫感，「那為什麼妳的行事曆裡夾著五號的名片？」

「妳為什麼偷翻我的行事曆？」

「不只偷翻喔。」終於她退開身體我稍稍回過頭看見的是完全符合壞女人角色的邪惡表情，「我還幫妳跟他說妳明天晚上會送床單回去給他。」

「妳剛剛才答應妳要送回去而且帳單妳會付！」

「我想了想覺得很不對啊，答應他的是你、帳單上的名字也是妳，我才不要付咧。」靜媛拍了拍我的肩膀，「妳放心，我不會讓妳啃吐司而營養不良，我會幫妳買草莓果醬。」

但就算抹上了草莓果醬也還是會營養不良。那只是一種自我安慰式的體貼。

□

所謂的「明天」一瞬間就變成了「今天」，我從來沒有如此強烈的渴望永遠不要下班，然而人生總是事與願違，今天不僅沒有加班更是異常難得的能夠準時離開，而許靜媛像是怕被我拎住時間一到就拿起包包向我揮了揮手快速逃離，留下已經氣到極點那些憤怒反而蒸發殆盡只剩下無奈的我。除了無奈也還是無奈。

「靜媛今天有約會啊？跑那麼快。」

隔壁渴望一夜情的大姐帶著期盼的眼神看著我，彷彿期待我說出「那我們兩個去喝一杯吧」，我努力扯動了嘴角避開她的視線。

「大概是肚子痛趕著去廁所吧。」抓不住她詆毀一下她的形象也好，快速的站起身只要聊的話超過三句就必須付出半小時才能脫身，這就是辦公室社交的可怕之處，尤其是當另一方興致勃勃時更是可怕，「我先走囉，明天見。」

加快腳步離開公司的瞬間我又感到極端無奈，七點，腕錶上的時間是五點十分左右，兩個小時不到的空檔異常尷尬，想回家換下衣服洗個澡但偏偏他家是反方向，但在外頭吃飯閒晃又覺得無聊。

緩慢地踱著步路人不斷從我後方跨到前方，抬起頭加快腳步我決定回家，依照靜媛的邏輯約他的是她那我又何必赴約？

對、和孟祈遠約好的是靜媛我又何必履約，更何況總是心軟替她收拾殘局久而久之只會讓我面對更難以整理的混亂，所以無論如何都必須堅定地抵抗。絕對不能讓步。

愉快地洗完澡舒服地坐在沙發上轉開電視接著掀開泡麵碗蓋，流暢而輕快的動作以及瞬間溢滿的香氣這大概就是平凡的小幸福，偶爾吃點垃圾食物反而讓人有更想好好活下去的動力。

沒特別吸引人的節目最後停在新聞台，一個颱風和另一個颱風手牽手計畫來台灣觀光、笨賊偷完東西忘記換衣服明目張膽的經過警察局結果被抓住、某立委和某某立委吵架接著某某某立委幫腔再來某某某某立委助陣結局是兩個陣營對槓……真無聊，台灣的新聞總是沒有創意。

咬著麵條我開始研究主播跟記者的長相和聲音，試圖找出兩者的分類標準，主播的頭髮好像都不會動，而且僵硬的上半身還喜歡在轉換新聞時轉身換鏡頭，完全不懂轉來轉去的意義為何，說不定是怕主播都不動太無聊會打瞌睡所以想辦法讓主播忙一點……

才剛夾起第二口電話突然響了起來，先塞進嘴裡伸手拿起手機差一點我就被噎到，把手機壓在抱枕下假裝沒聽見，終於我的耳邊只剩下新聞播報的聲音；掀起抱枕我小心翼翼的拿起手機下一秒鐘它又突然響了起來，緊緊抓住手機死盯著螢幕顯示的名稱依照他這種連續性撥法想必有潛在的偏執性人格。

也就是說，不接起來他一定會打到我接。

「你好，請問有什……」

「妳已經遲到六分鐘，不、六分十七秒。」

撒旦大魔王。我替他取的名字果然很貼切。

「我不太明白你……」

「不要裝傻，現在立刻把床單送回來。」

他怎麼知道我在裝傻?甩了甩頭碗裡的泡麵已經在糊掉的邊緣，反正他在電話另一端也不能對我怎麼樣，所以我拿起筷子又吃了一口泡麵，反正我很閒浪費的是他的時間。

「可是我現在沒空耶……」

「如果我沒記錯的話，你們公司好像是我們的子公司，換個小員工也不是特別難的事，嗯？」

這次我是真的噎到，為了不讓食物噴出來所以異常艱辛的忍住咳嗽，好不容易嚥下食物同時我也徹底放棄眼前的半碗泡麵，真是討人厭的男人。

「不是才剛幫你換好床單嗎？明天後天或是大後天不行嗎？更何況跟你約好的明明是許靜媛，闖禍的也是她，要利用惡勢力她也跟我同公司，為什麼你非得要這樣對我，我到底欠你什麼，你說啊你說啊你說啊。」

「喊完了嗎？」孟祈遠冷淡到彷彿和我身處不同次元，「現在立刻過來。」

然後電話就掛斷了。

聽著冰冷而單調的單音我不可置信的盯著又轉了一次身的主播，接著將視線轉向桌上的泡麵，麵條已經膨脹到失卻了所有美味的程度，全身無力的關掉電視把手機鑰匙錢包胡亂塞進包包，認命的離開我幸福溫馨的家一步步走往遠方的地獄，留下孤伶伶的泡麵獨自看家。

□

「拿去啦，床單。」

「去房間。」

「又要到房間幹嘛啦？」想把床單直接扔給他但又怕被報復所以只能繼續抱著，僵持在門口這次我無論如何都不想再踏進他家一步。

「到房間還能幹嘛？」

抬起眼我望著帶著似笑非笑表情的他，同樣散發著無法忽視的迫人感，簡單的家居服穿在他身上卻異常搶眼，我就是這樣被網拍模特兒騙了一堆錢。

不是、現在重點是到房間這件事。

「到房間還能幹嘛」雖然他是這樣問但事實上房間裡能夠發生的可能性相當的多，無趣一點的可能他只是懶得拿床單所以要我替他放回房間，但再怎麼說我是女人而且還長得不差而他是男人這裡又沒有其他人，就算上次相當屈辱但他今天看我的眼神不太一樣，難保……

那這次我該先尖叫還是先逃跑？

「看完了嗎？」

「我、我看你幹嘛？」

「妳知不知道，妳在想什麼都會寫在妳的臉上。」突然他傾身向前鼻子幾乎碰上我的，屏住呼吸連眨眼都忍住只能一動也不動的、太過清晰的看見他，「在期待些什麼嗎？」

「期、期待什麼？」

「一個男人和一個女人進到房間，妳覺得會期待些什麼，嗯？」

男人。女人。房間。還有一張 king size 的雙人床。張大眼睛盯著仍然定格在極為靠近的前方的他，路西法再怎麼說也曾經是天使，染上成為撒旦後的邪惡感根本是一種魅惑。

那我不要逃跑只要尖叫就好，這樣也算是有掙扎……

「不過我對穿著運動服就跑出門的女人沒興趣。」

退回身體他這次是真的笑了，帶有藝術般極致的邪惡意味居高臨下的看著我，憋氣太久終於我想起了呼吸，急促的吸取氧氣也沒忘記兇狠的瞪著他。

穿著運動服還不是因為某人的威脅急著跑來，你自己還不是只穿著棉質上衣跟卡其長褲是有比較高級嗎？

「剛剛就告訴過妳，妳在想什麼都會寫在妳臉上，光是我的上衣就能買十套妳的運動服，當然是不一樣。」

撒旦大魔王會讀心術嗎？

「快去把床單換過來。」

「不是前天才剛換過，你是故意整我嗎？」

「是又怎麼樣？」

他說得太過坦然因而我全然無法反駁，只能抱著床單看著他逕自走進屋內，迫於無奈也只能脫下鞋子往他的房間走去，踏進房間之前看了坐在沙發上讀著文件的他，也才兩次就彷彿已經自然得成為一種定律。

我是傭人而他是主人。真是令人哀傷的現實。

「我可以走了吧？」

「要喝咖啡嗎？」

愣在原地視線定格在他的頭頂，依然是頭也不抬的沒禮貌態度，只是剛剛似乎聽見他釋放善意的問句，縱使他性格扭曲但內心說不定正努力反省不該對我頤指氣使。

我們總要給對方改過向善的機會。

所以接下來就換我坐在沙發上指使他說「不要太濃怕睡不著、但太淡沒有味道，不要奶精要加鮮奶、兩小匙糖剛剛好」，悶悶的笑著於是我輕快的回應他：

「如果你堅持的話。」

「咖啡豆在廚房，什麼都不要加我要黑咖啡，妳想加牛奶的話冰箱裡有。」

他說什麼？

這裡是他家他問「要喝咖啡嗎」不是代表主人要去煮嗎？

總有辦法讓他屈服的。

「我不會煮咖啡，我們這種普通人只喝得起即溶咖啡。」

「咖啡機上有說明，如果妳笨到連那麼簡單的機器都不會操作，我會建議妳的主管仔細評估妳是不是適任。」

卑鄙、卑鄙、卑鄙。這就是既得利益者用權力施壓的社會黑暗面，而且他從頭到尾都懶得抬起頭，無論多麼用力瞪他也只是浪費力氣，最後我只好認命地走進廚房，還真是一塵不染這個人絕對是極端的偏執。

屋子裡相當安靜只剩下咖啡機的聲響，逐漸傾洩而出的香氣彷彿讓整個空間成為另一個世界，靠在流理台邊我望著認真讀著文件的孟祈遠。

曾經我期盼過這樣的場景，一個女人在煮著咖啡的空檔安靜地凝望著屬於她的男人，不需要言語也毋須任何實質上的碰觸，只要偶爾他的一抬眼讓我明白他的眼中此刻只有我，那就是一種奢侈的幸福。

然而或許是太過奢侈了，漸漸地我也不再如此盼望，可能到了最後只要能有一個人陪在自己身邊在寂寞的時候唱著歌不讓自己被寂寞的聲音淹沒就已經足夠。

不期然的他抬起眼，視線交錯的瞬間突然我感到有些恍惚，彷彿那些盼望在這一秒鐘終於得以成真，然而下一個瞬間我意識到我所處的現實，斂下眼我轉過身將滾燙的褐色液體注入潔白瓷杯之中，心中的落寞卻隨著逸散的熱氣逐漸膨脹，原以為已然放棄的期盼事實上從來不曾死去。

深深吸一口氣端起咖啡走向孟祈遠，「拿去。」

「嗯。」

「什麼『嗯』，說謝謝。」

「謝謝。」

他太過順從我反而不知所措，別開眼在他右手邊的單人沙發坐下，啜飲著香醇的咖啡漫不經心地注視著他。

「整天工作不會很無聊嗎？」

「這就是我和妳的差別。」

「你對每個人說話都這麼討厭嗎？」

「既然討厭為什麼還要跟我說話？」

因為太過安靜我會胡思亂想。

但是像這樣毫無意義的交談卻讓人感到有些想哭，寧靜而不刻意，並不是為了填補兩個人之間無法彌補的距離而努力地說著話，單純讓腦中浮現的字句不經思考就傳遞給另一個人，僅僅如此就能夠感到安心，那裡有一個我能夠不必多作思考直接能丟出真正的自己的人。

我並不是一個人。

儘管我跟靜媛感情非常好，也總是膩在一起，然而如同她必須藉由酒精才能傾訴自己，我也無法直率的掏出所有藏匿在深處的情感，並非不能信任，而是在太過複雜的現實中反覆跌撞之後彷彿磨損了那份無所畏懼，縱使是愛著的人也害怕下一秒鐘他便會轉身離去。

當然對於孟祈遠並不是抱持著這種感情，但大概是在他面前臉也丟盡了，他也總是居高臨下的威脅我，反而什麼都不怕了。

「因為很無聊啊。」

「無聊就去掃地。」

「我才不要，而且我又沒有潔癖，已經這麼乾淨了還掃什麼。」

「張伶悠。」

「幹嘛？」

「妳的名字倒過來唸就是幽靈呢。」

「你很無聊耶。」

然後他笑了，不帶有任何邪惡而是坦率的笑容，那瞬間彷彿有些什麼在我心底泛開，卻又無法辨別那確實是些什麼，或許正是無法理解而只能全然記憶住那一個片刻。

瞬間的震動感。

然而這麼笑著的他，似乎稍微縮小了他阻隔他人的圈，也許只是錯覺其實也沒有真正認識他卻總是感覺那份距離。

不是刻意，是一種習慣。那讓人更加在意。

04

輕快的敲擊著鍵盤，越來越覺得這世界真是美好，孟祈遠已經一個星期、整整一個星期沒有闖進我的生活，彷彿重生一般我每天都愉悅至極，就算加班也沒關係，看見我這麼愉快的加班經理說不定會幫我加薪。

那麼世界就會更美好了。

「張伶悠，妳吃錯藥嗎？加班還那麼開心。」

「開心也是加班、不開心也是加班，我只是比較聰明選擇前者。」

「妳確定已經徹底擺脫五號了嗎？」

「什麼意思？」

「妳之前不是說過他的襯衫被撕破了嗎？連送洗費幾百塊都算得清清楚楚，他怎麼可能就這樣放過妳。」

「許靜媛妳有沒有搞錯，床單沾滿的是妳身上的酒味，妳打死不付錢還說『帳單上寫的是妳的名字所以我才不要付』這種喪盡天良的話，幾百塊我可以當作掉進洗衣機被絞爛，但是千真萬確他的襯衫是妳撕破的，我絕對不會幫妳付。」

而且那件襯衫看起來貴得要死，這才是重點。

「我又不記得，說不定是妳撕破然後推到我身上。」

「這種話妳也說得出來，我一定要跟妳絕交。」

「好啊，絕交的話就百分之百是妳要付。」她揚起燦爛的笑容，拍了拍我的肩膀，「就說了妳啃吐司的話我會買草莓果醬給妳的。如果不絕交的話。」

雖然一直覺得她總是喜歡裝可憐和她美豔的外貌形成讓人不太舒服的衝突感，但她這麼積極的往壞女人發展標靶卻是我，怎麼想都像安分曬太陽的拉不拉多被路過的死小孩故意踩了一腳尾巴。當可憐的拉不拉多起身吠叫死小孩卻被主人怒罵，明明欠罵的是死小孩最後她卻得到安撫，說不定拉不拉多的晚餐還被收回以作為懲罰。

肇事的是許靜媛即將啃吐司的人卻是我。怎麼想都不合理。

「總之這次我絕對不會再替妳善後，妳不認帳的話我就聯絡妳媽。」

「妳也不想想我這性格怎麼來的……」這句話該死的中肯，她瞄了一眼終於起身離開的主管傾身靠向我，熱絡的拉住我的手臂，「我也不想這樣啊，但是妳也知道，薪水那麼少要過生活都很勉強了，加上我才剛買手機真的是連一點錢都擠不出來了。妳想想，妳付的話頂多是啃吐司，但如果要我付的話我可能會餓死在路邊也說不定，很可憐吧，而且住那種地方再看他穿的衣服，就算我沒印象但那件襯衫的價格絕對、絕對不便宜。」

這、才、是、重、點。

關了電腦即使認識她好幾年我仍舊不能理解她扭曲的邏輯，她輕易地破壞了我愉悅的心情，快速的站起身我居高臨下地看著她，這是從孟祈遠那裡學來的，他每次這樣看我總讓我莫名的心虛。

「許靜媛，我們的交情就只值一件襯衫了。」很好，這句話非常狠。

她站起身伸手拍了拍我的肩膀，「沒關係，五號的襯衫一定很值錢。」

我被擊潰了。徹底。

□

到底上天是要磨練我還是純粹想整我呢？

難得悠閒的週末，打算整天在家翻書看電視，才剛掀開桌上的泡麵碗蓋某人卻打電話來了。依照慣例我把手機藏在抱枕下，雖然有不好的預感但我還是塞進了第一口麵，胡亂的咬著心思被鈴聲攪得亂七八糟，終於安靜之後接續的是門鈴聲。

堅持先吃一口麵再站起身，我家門鈴很少響有時候我都以為它已經故障，先扣上門鍊至少這一點我還是相當謹慎，緩慢拉開門連思考都沒有我立刻關上門。

下一瞬間像是要破壞門鈴一樣對方不間斷地按著，我忘了外面那個人有偏執性人格了。

我拉開門從狹小的縫隙看著他。

「你為什麼知道我家在這裡？」

「把門打開。」

「我不要。」儘管他臉上沒什麼表情我卻總是聞到諷刺的氣味，他沒有說話相反的門鈴開始瘋狂的響，這個男人比路邊的直銷還要難纏。「不要再按了。」

極度不情願的拉開門終於我清楚看見他的臉，這時候我才發現原來我比想像中還要清晰的記憶住他，尤其是唇邊那抹若有似無的笑總是擾亂我的心思。

「你為什麼會知道我家在這裡？」

「人事資料。」

「你這樣是公器私用。」

「問妳的主管也是可以，但比較麻煩。」算了、我連許靜媛的邏輯都不懂了，更不用說是孟祈遠了。連招呼也沒打他就逕自走進屋內，看了泡麵一眼似乎稍稍皺起眉，接著相當自在的坐在沙發上，「去換衣服。」

「為什麼要換衣服？」

「買襯衫。」

他果然沒有忘。嘆了一口氣全身無力的看著他，又看到桌上只吃了兩口的泡麵，再度重現腫脹的慘劇，下次我會改買泡不爛的麵。

甩了甩頭，振作、張伶悠妳要振作，絕對不能讓他以為可以對自己隨心所欲，而且還不是令人臉紅心跳的隨心所欲，而是連拉不拉多都會狂吠的那種隨心所欲。

「我不管，無論如何我都要把泡麵吃完。」

在他右手邊的位置坐下，想離他遠一點但沙發不夠大，端起泡麵雖然變得難吃但浪費會遭天譴，往好處想確實比上次那碗麵來得美味，至少不是晚上一個人孤單地捧著涼掉又腫脹到不成形並且浮著油的泡麵哀怨地吃完，雖然能夠倒掉但肚子餓又不想浪費食物；瞪了他一眼，大概他一輩子都不會懂這樣的心情。

「不知道泡麵熱量高沒營養鈉含量又高嗎？除了填滿胃之外唯一帶來的就是脂肪和提早老化。」他輕鬆地斜倚著，我必須側坐才能避開他修長到讓人討厭的腳，「這是一種自暴自棄嗎？」

不要理他。當他是空氣就好。

「張幽靈。」

「是張伶悠，不要亂改人家名字。」

孟祈遠又笑了，有一瞬間我腦中閃過「如果能讓他這樣笑被當成幽靈也沒關係」，別過頭將注意力拉回手中的泡麵，清醒一點，絕對不能動搖，退後一步並不是海闊天空而是永遠不得翻身。

然而這麼笑著的他，似乎稍微縮小了他阻隔他人的圈，也許只是錯覺其實也沒有真正認識他卻總是感覺那份距離。
不是刻意，是一種習慣。那讓人更加在意。
「吃完就去換衣服，記得先刷牙。」
真是討人厭。走進廚房收拾好之後胡亂刷了牙，抓了件襯衫和牛仔褲套上，走到他面前迎上的是他質疑的目光。絲毫不讓人意外。
「不走嗎？」
「妳的品味比我想像中的還要差。」他站起身自顧自的走進我的房間，愣了一下我立刻衝上前想阻擋他但房子很小而他腿又很長所以根本來不及。「能在這種房間生活也不是普通人。」
「普通人都這樣生活！」
不理會我他打開衣櫃快速翻著我的衣服，速度快得像是在出清特賣中衣服。

過氣的沒興趣但又想找到適合的衣服，最後他抓了一件洋裝丟給我，不想反駁乖乖的走進浴室，也太精準這件洋裝是所有衣服裡最貴的一件，許靜媛送的生日禮物。

「不過就是買個襯衫……」

走出浴室猶豫了一陣子我才抬起眼偷瞄他的反應，我真的不在意他的看法、真的，只是客觀的說他也算是有品味，而且剛剛打擊過我的自信心。不滿意但就這樣了吧。大概是這樣的訊息。

「妳一直擋在我面前，是想在這間房間裡發生什麼嗎？」

「才沒有。」

「妳放心，就算妳好不容易像個女人但這種地方引不起我的興趣。」

□

坐在副駕駛座我偷偷瞄著他，「好不容易像個女人」這句話一直在我腦中打轉，就算他標準特別高但也不至於如此吧，我在辦公室的等級也挺高的啊。

接著我仔細回想，第一次見面是阻擋喝醉的靜媛而衣衫不整、隔天早上狼狽潛逃還被逮住、為了拿手機但穿著是沒換的衣服、接下來穿著運動服跑到他家、再來今天他闖進來看見的是……睡衣，天啊我怎麼都沒意識到剛剛穿著的是睡衣，為什麼為什麼為什麼？

等我在懊悔之中醒來我和孟祈遠已經站在百貨公司裡了，走進電梯只有我和他兩個人，雖然總是和他獨處但在過於狹窄的方格之中異常清晰的感受到對方的存在。

太過濃烈的他的氣味讓人無從逃離。

「不、不過就是逛著百貨公司，穿牛仔褲犯法嗎？」

「畢竟是公共場所，隨時都有可能遇見認識的人，我不能讓妳降低了我的水準。」

「那你不會自己來然後把發票給我不就好了，要是遇到我的熟人我也會非常、非常的困擾。」

走出電梯他相當流暢並且毫不猶豫地往前走去，跟在他身後我的心情越來越灰暗，百貨公司等於貴，這件事是已經做好心理準備了，但下一秒鐘他走進的是A……ARMANI？

我好想拉住他往外走。

孟祈遠完全沒有感受到我的殷殷盼望如同行家一般審視起展示的衣服，途中還拒絕了店員的介紹，跟在他背後他每看一件我就跟著翻看吊牌，然後開始換算價值多少頓晚餐還有多少碗泡麵，每翻一張就讓我的心跳加快一次，可能來不及走出這裡我就心臟衰竭了。

不過就是一件襯衫薄薄的布賣這種價錢不怕被詛咒嗎？

不行、我一定要試圖挽救我即將遠去的晚餐們。

我跨了兩大步走到他身邊，扯開甜美而燦爛的笑容熱切的注視著孟祈遠，他看了我一眼又把目光放回衣服，忍耐、小不忍則亂大謀，為了美好將來勢必要犧牲些什麼，即使嘴角抖動也要撐住笑容。

「看你好像挑不太到呢，不過啊像你這樣人長得帥又是衣架子身材就算穿路邊攤都好看，何必讓百貨公司騙錢呢？倒不如到 HANG TEN 或是 GIORDANO，買三件給你也沒問題，我還可以順便請你吃飯呢。」

「我沒穿過那麼便宜的衣服。」

「人要勇於嘗試嘛。」

「不要。」他勾起邪惡感十足的微笑傾身靠向我，這次我稍微能夠呼吸但同樣動彈不了，只能望進他的雙眼並且看見那之中倒映的自己。自己。「妳的嘴角一直在抽動，記得去看醫生。」

拉回身體他的心情似乎更好了，但我的情緒卻低迷到宛如北極圈的冬季。

「不過就是個經理，買那麼貴的衣服會遭天譴。」

「公司是我家開的不知道嗎？」

不知道。你又沒有講。本來覺得他年紀不大就當上經理很厲害，但公司是他家的那麼「只當經理」感覺就不怎麼樣；瞄了他一眼不管怎麼樣他比我想像的還要有錢，也就是說，我即將面對的價格比我想像的還要……

「既然你有錢到可以用來當衛生紙，為什麼還要我付錢？」

「我寧可把錢當衛生紙也不會帶著微笑對妳說『撕壞襯衫沒關係反正我有的是錢』，自己做的事自己負責。」

「明明就不是我撕壞的。」

「那妳想辦法讓妳朋友付錢啊。」

完全戳到我的痛點，無力反駁像被踩到尾巴卻只能收回來自己擦藥。

「我不認帳你又能怎麼樣？」

「看來妳很想換新工作。」卑鄙的男人。卑鄙、卑鄙、卑鄙。「我聽見妳在偷罵我，嗯？」

「我又沒有唸出來。」

呃……往後退了幾步繼續跟在他背後而他也沒再理會我，終於他拿下一件衣服扔給我，使了眼色傳遞「去付帳」的訊息，沒有退路我只好小心翼翼抱著襯衫走向櫃檯。

「一共是一萬兩千八百元。」

一、一萬兩千八百元？僵直在原地說不定我只是幻聽，也可能是店員一時口誤，但是我眨了眨眼畫面全然沒有改變，美女店員依然揚著無懈可擊的完美笑容，哀傷的看著櫃檯上那件刺眼的襯衫現實果然是殘忍的。

我似乎感覺到我的手正微微顫抖，我微薄的薪水扣掉房租水電、生活費、還沒還完的學貸加上偶爾拿回家的錢，大概要省吃儉用三個月或是認真啃吐司兩個月，普通的過日子就已經存不了錢了，這根本是雪上加霜。

打開錢包我突然想起孟祈遠是突然闖進我家我根本沒機會領錢，事實上我的戶頭也沒什麼錢，瞪著僅存的一張小朋友，頹喪至極的我退了兩步可憐兮兮的瞅著孟祈遠：「錢不夠……」

似笑非笑的看了我一眼，他帥氣地拿出信用卡，接過提袋理所當然的扔向我，湊近他身邊再度揚起甜美的笑容，充滿期盼的凝望著他。

「又想做什麼？」

「分期付款可以嗎？」停下腳步他安靜地望著我，身體有些發熱而心跳逐漸加快，他勾起唇角轉過身繼續往前走，「你還沒說可以……」

「也好，妳就慢慢付吧。」

「真的？」開心的望向他突然覺得他身後發出淡淡的光芒，「就知道你其實是好人。」

「我會算好利息。」

我錯了，孟祈遠的扭曲性格不是一朝一夕足以形塑而成，並且扭曲到無法以任何一個角度施力試圖反向扭轉。

「小氣記恨鬼。」

「在我決定利率之前妳可以盡量罵。」

卑鄙、卑鄙、卑鄙、卑鄙。

咬著唇我凝望著專心讀著文件的孟祈遠，無論多麼耀眼但他並不是能夠嵌合我的盼望的男人。所以不能。

無論那隱微泛開的感情是什麼都不能再有其他，也不會再有其他了。

桌上擺著一罐草莓果醬，抬起眼迎上的是靜媛愉快的笑容，我緩慢的深呼吸不斷提醒自己這裡是辦公室無論如何都要忍耐。

「雖然妳說要跟我絕交，但我人那麼好不會跟妳計較，還特地買果醬來給妳呢。」

不要理她。我已經跟她絕交了。

收回視線我按下開機鍵，等著啟動的空檔她整個人湊到我身邊，用狐狸想假裝柴犬但一眼就被識破的討好視線凝望著我，千篇一律的招數，雖然我也千篇一律的心軟，也知道最後仍舊會原諒她，至少堅持久一點能稍微安慰被孟祈遠踩住尾巴的疼痛。

抽出資料夾裡的文件我開始對照檔案，靜媛似乎明白我這次「比較生氣」，默默地退回座位還把果醬往我手邊推，瞪了她一眼她立刻收回果醬但最後還是偷偷塞進我的提袋裡，裝作沒看見注意力轉回工作，我也不明白為什麼就是沒辦法真正對她生氣，這一定是我的軟肋。

暫時拋開靜媛的存在竄進腦中的卻是孟祈遠，不小心打錯了幾個字想刪除卻失手刪了一整個段落，整天想著要擺脫他反而因此惦記著他，果然我的生活只要出現跟孟祈遠有關的一切就會產生混亂。

撰寫報告的速度相當地慢，思緒停滯的同時空出了更大的空間讓他的畫面更加鮮明，起初總是浮現他那張似笑非笑高傲討人厭的臉，暗自罵著他卻又會突然、非常突然地跳出那天他直率的笑容。揮之不去。

我一定是沒睡飽。

甩了甩頭伸手敲了敲腦袋，用力地深呼吸試圖驅離腦中的畫面，他的顏色稍稍褪去但卻如同背景顏色一般成為我思緒的基調以至於閃現腦中的一切都染上他的顏色。

他是太過強烈的存在。

如果沒有那天荒謬的開端或許窮極一生我和孟祈遠都不會有所交集，他的世界、我的世界分屬於平行軌道兩側，儘管偶爾能窺探遠方世界的人們卻沒有想像過自己會走過去或者對方會走進自己的世界。

其實他也只是有錢而已。雖然這樣告訴自己但更大的差別在於我在所謂「普通人」的範圍內自在的生長，而他在「菁英」的準則下一步一步往上攀爬，我們所認知的「世界」本身就是不同的，像是回教徒和基督教徒所信仰的世界無法相互融合，想要真正理解彼此或許太過艱難一些。縱使能夠理解也無法在嚴格的教義下對彼此妥協，那不僅僅是個人意志，而是更廣泛更難以突破的巨大框架。

每個人都不願意被框限，然而這個意念本身就具有被綑綁的前提，並不是無以掙脫，而是沒有足以讓自己即使失去所有也要逃離到達的渴望。

喝了一口水，我根本沒必要想那麼多，反正只要還完錢我就會走出他的世界，大概就像兩個世界之間總需要一些交集，例如物資交換、資訊流通，而我只是偶然成為必須跨過平行軌道去執行任務的人罷了。

在我這邊的世界或許有很多人期盼成為對面世界的居民，但離開自己的世界進入另一個世界並且接受對方的價值觀事實上太過困難，然而「那個世界」的居民卻很少試圖理解我們的規則，「因為是你們想過來而不是我們要過去」這樣的蠻橫大多數人卻安靜的承受，於是傷得重的一方總是屬於我們世界的居民。

兩個世界並不是以對等方式運作著。

所以、不要多想也不要太過靠近，頂多和善的成為朋友但不要更加深入，無關乎對方的心思而是自己必須拿捏好適當的距離，仔細的看著眼前那道界線，一旦靠近邊界就要止住，然後帶著微笑無論如何都不能再往前走。

最好的距離也許就是兩個人坐在平行軌道的兩側聊著天，偶爾，甚少的偶爾或許能踏上軌道中間近一些凝望著對方，但那是相當危險的嘗試，隨時會有疾行而過的列車，所以安分的、安靜的隔著適當距離輕輕的微笑就好。

□

我坐在沙發上。孟祈遠家的沙發上。

這次是我主動打電話給他，出門前還刻意檢視了自己的穿著，合宜的雪紡及膝裙配上簡潔的襯衫散發些微的女人味但不過分招搖，上了淡妝畢竟孟祈遠似乎很喜歡突如其來的湊到人家面前，雖然臉上的毛孔應該很熟悉他了，但如果可以的話我希望他和我的毛孔們從此不再相見。

但孟祈遠照例專心的看著他的文件，踢了踢腳縱使是我打電話給他但身為主人招呼也不打只是開了門放任我走進連理都不理我，那我也不要理他，知道自己很幼稚但也想趁著能安靜打量他的同時整理自己的心情。

於是我踢啊踢的，一不小心居然把拖鞋踢了出去，落在最尷尬的位置。它現在就躺在孟祈遠的肚子上。

他抬起頭冷冷的看了我一眼，把拖鞋扔向我，好歹我也是女性居然這樣對我，但我也只能乖乖的穿回拖鞋虛偽的扯開笑容。

「妳特地來這裡就是找機會報復我嗎？」

「不小心的……」八成是我的潛意識驅使動作的發生，但沒有經過意識處理就不是我的意志，所以不算故意。「誰叫你都不理我……」

努起嘴盯著剛才偷襲成功的拖鞋，從我嘴裡滑出的聲音再度經由雙耳傳進大腦怎麼聽起來有點撒嬌的味道？

不、一定是我自己的錯覺。

但是他唇邊掛著的淺笑絕對不是我的錯覺。

「那妳來找我有什麼事嗎？」

「我們不是應該好好討論分期付款的細節嗎？例如可以分成一百期我每次還你個一百塊之類的。」

「妳用身體抵債吧。」

什、什麼？

全身僵住我瞪大雙眼緊緊看著他，他同樣直直望著我，我的呼吸有些短促心跳稍微快了點跳得大力了些，我就說一個男人和一個女人而且是長得不錯今天還特地打扮過的女人再說這裡沒有其他人絕對不會安全，應該逃跑不了所以我決定尖叫就好，那要在他靠近的時候就尖叫還是等他進階一點再尖叫比較好呢？

緩慢的他站起身朝我走來，停在我面前我依然無法動彈，他彎下身將臉湊到我面前，真慶幸我花了半小時畫上完美的底妝，溫熱的呼吸輕輕拍打在我的臉上，太過靠近的兩個人事實上只能看見彼此的眼，深邃的黑眸之中我看見困在幽黑之中的自己。

「期待嗎？」

孟祈遠用著低啞的嗓音緩慢說著，我的體溫陡升鼻尖還繞著他的氣味，離我遠一點，想這麼說卻發不出聲音，我並不是沒談過戀愛的小女生，但思緒卻亂得一塌糊塗。

「期、期待什、什麼？」

突然他伸出手輕輕撫上我的左頰，觸碰的瞬間我的身體不由自主地顫抖，我發現這是第一次我們真正碰觸到對方，儘管只是指間卻爆裂般的蔓延開來，不是熱度而是難以言喻的某些什麼。

下一個瞬間他的手稍微施力，接著用力捏下我的臉頰，痛，接著耳邊聽見他磁性的嗓音輕輕的說：「妳的腦袋不能純潔一點嗎？」

兇狠地瞪著愉悅的孟祈遠，好不容易把他趕回原先的位置，左頰還留有明顯的痛與熱度，心跳稍微緩下腦袋卻缺氧般還帶有微微暈眩感，臉頰還在發燙但我決定忽略這件事。

「沒關係我能理解，畢竟妳一輩子也不可能遇見像我這樣的男人，有點遐想是正常的。」拿起拖鞋想扔向孟祈遠，但他挑起眉釋放淡卻不容忽視的威脅最後我只能穿回去，「還是說，太久沒男人所以克制不住……特地打扮是想來誘惑我嗎？」

「你要不要找醫生治療一下你的嚴重自戀傾向？誰要誘惑你，就算缺男人我也不會對你有任何遐想。」認真的瞪著他，就算心虛也要直直的望著他，然後把目標轉到對方身上那麼自己就能逃過審判了，「腦袋不純潔的是你吧，用身體抵債這種話你也說得出來。」

「我是要妳打掃我家，」他修長的腿交互疊放，身體傾靠在沙發椅背一派悠閒地看著我，「清潔阿姨生病暫時沒辦法工作，我說過我討厭陌生人進到家裡吧，雖然不是很相信妳但勉強可以接受。」

「我哪裡不能讓你相信了？」

「嗯……根據妳房間的雜亂程度，就讓人懷疑妳對『乾淨』的定義，說不定寬鬆到『不要長黴菌就好』，瞪著我也改變不了事實，我這個人凡事講求根據。」

他難道看不出來我的住處是「亂中有序」嗎？

「再來就攸關我的人身安全了，妳的腦袋裡對我有不尋常的想像，拚命否認也沒用，妳的臉、就是妳的臉，清清楚楚寫著妳正在想的事。」

「那你到底想要怎麼樣啦？」

「姑且相信妳吧，偶爾做點善事也好。一星期一次、一次一千元，總共十三次。晚上六點到十點。」

「那、晚餐呢？」我指的是我的晚餐。

「隨便到外面買就好，我會多給妳五百塊。妳可以一起吃，反正吃剩了也是丟掉，餵妳也無所謂。」

我又不是豬。

但這樣算下來，每個星期可以省下晚餐錢，買點菜自己隨便煮給他吃還可以把伙食費納為己有，兩個人吃五百塊已經很奢侈了，何況是他「一個人」。

「我會把家裡打掃得很乾淨、非常的乾淨，說好就不能反悔喔，打勾勾？」

「妳幼稚園剛畢業嗎？我會打一份合約讓妳簽名。」

真是討人厭。我就是想打勾勾不行嗎？

「不管，我就是要打勾勾。」跑到他面前拉起他的手強迫性的勾了手指，但下一秒卻發現自己正握著他的手，故作自然的放開若無其事的坐回原位，「就這麼說好囉。」

安靜地坐著掌心似乎留有屬於他的餘溫，斂下眼我不自覺緊緊握住雙手，彷彿試圖以自身的溫度抹去他的存有，然而卻沒有料想到緊握的同時說不定也緊緊攢住他的存在。

咬著唇我凝望著專心讀著文件的孟祈遠，無論多麼耀眼但他並不是能夠嵌合我的盼望的男人。所以不能。

無論那隱微泛開的感情是什麼都不能再有其他，也不會再有其他了。

□

結果我還是原諒靜媛了。

大概是不必啃吐司所以勉強積起的憤怒也消失無蹤，所以她又賴在我的沙發上了。

「妳還是一樣買便當吃這樣可以嗎？」

聽著她含著擔憂的關心語氣，差一點我都要被感動了，但突然想起這本來是她該負的責任她居然理直氣壯的勸著我省吃儉用以還清債務。

真是莫名其妙。

我沒有告訴靜媛「以身體抵債」這件事，她絕對不會心疼或者感到憂心，大概會沒良心的說出「很好啊這樣妳就不用啃吐司了，那草莓果醬還我」或是「趁機把五號攻下啊，放著又帥又有錢的男人在眼前晃來晃去一定會遭天譴」這類的話，更重要的是她並不是刻意挑釁而是打從心底認真的說。

也就是說，沒良心是她的一種人格特質。

「不然，我們去找個男人來替妳還債吧，盈安正在規劃下次聯誼，聽說這次是工程師喔。」

「妳這樣跟詐欺有什麼兩樣？」

「才不一樣，我可是認真想談戀愛，只是談戀愛的過程順便讓他還一下債而已，跟請我吃飯、買東西送我的意思差不多啊。」

完全不一樣。靜媛從小被她媽媽灌輸「男人就是要滿足女人」的觀念，所以在戀愛中讓對方請客、收對方送的禮物她完全不會猶豫，即使不贊同我也不能批判畢竟那是她的愛情，往好處想是她並不會以愛情作為武器，而是決定要和這個人發展才會將這些事視為理所當然。雖然很危險但至少她不會成為詐欺犯。

「總之我辦不到。」

「反正重點是要找到戀愛對象，都已經負債了，生活總要有其他愉快的事情吧。」

現在是債務與人生規劃的商談嗎？

「許小姐，妳好像忘了這筆債是妳該還的，妳居然還這麼『誠心』替我考慮接下來的負債生活，我是不是該感謝妳呢？」

「不客氣。」這女人完全聽不出我的諷刺，這樣下去我一定會得內傷，「身為朋友是應該的嘛。」

算了我不要理她。但是她會來煩我。

「不過，妳真的就這樣放棄五號嗎？根本是暴殄天物。」

「愛情是可遇而不可求，何況我對那種愛記恨愛報復又愛營造曖昧氣氛讓人遐想最後毫不留情恥笑對方的人一點興趣也沒有。」

「通常妳連呼吸都忘記講出一長串話的時候，就表示一定有什麼。」靜媛曖昧的看著我，「和債主談戀愛可以把債一次勾銷，這是最聰明的方法。」

「懷抱著這種扭曲的心思，就算真的能夠發展愛情也一定是扭曲的關係，更何況我想要的只是穩定而平凡的愛情，儘管必須面對現實卻不會消耗過多力氣，就算必須為了對方改變生活也只會是最小限度的移動，我不想為了愛情失去自己或者自己的生活。」雖然這些話已經對靜媛說過一百遍，但我還是繼續了這第一百零一遍，「我要的很簡單也不多，只是想找到一個和自己生活相近的人，不需要克服巨大差異的價值觀、不需要擔心彼此身後龐大的壓力、兩個人之間也沒有所謂的高低落差，就只是這樣而已。」

當然從前我也像大多數女孩一樣期盼著成為公主的某一天，穿著美麗而攝人心神的禮服，將自己的手放進王子的掌心之中幸福地走進舞池，旋轉著身軀彷彿整個世界都染上自己的愉悅；然而真正踏進舞會之後才發現，幾乎所有女孩的目光都膠著於王子身上，儘管他正對著自己微笑，我卻開始懷疑也許他對每個人都這麼微笑。

曾經我和一個太過耀眼的男孩短暫的相戀，他總是溫柔的笑著，無論是對我或者對任何的他人，起初因為這份溫柔而愛上漸漸地卻希望他的溫柔只留給我一個人；於是在理解與任性之間劇烈擺盪終於我鬆開了手，如果一直這麼待在他身邊最後必然失去理智而讓猜疑、嫉妒、質問耗損彼此的愛情，所以無論多麼疼痛都必須鬆手。

鬆手的那一瞬間我終於明白，愛情並不是生活的全部，對方和自己也不是愛情裡的全部，那之中還有所謂的現實，不得不面對的現實。所有的現實都包含著妥協，並不是對於現狀的妥協，而是對於自己的妥協，退後一步不能盼望太多，即使盼望也必須接受那份不能完全的擁有。

因而我一步一步往後退，不是放棄愛情，只是避開可能會失去自己的愛情。

「這根本是『排五號條款』。」斂下眼我盯望著自己的手背，恍惚之中靜媛的聲音拉回我的思緒。「正因為特別所以才會有排某某人條款，像是緬甸政府立法規定總統候選人配偶不能是外國公民，很明顯就是針對翁山蘇姬，同理可證，妳很明顯就是針對五號。」

「孟祈遠那種人就算什麼事都沒做也會讓人在意，妳不也是三天兩頭提起他，對我來說，不管是企業家或者工程師，當然會希望能夠遇見優秀甚至是完美的人，但孟祈遠根本是偶像劇設定的類型，即使在自己面前晃來晃去也不覺得是現實。我承認自己偶爾會幻想那些男主角，但是幻想跟現實並不會弄混，所以那不是『排五號條款』而是『排五號那類人條款』。」

孟祈遠就像燦爛的煙花，在闇黑的夜裡燦爛的燃放，無論是誰都會被吸引目光，然而太過專注所必須承受的是絢爛之後迎來更深的黑，所以在陷入之前不得不移開眼，況且煙花太過短暫，為了那一瞬究竟必須付出多少自己誰都無法預料，也許只會了一個轉瞬而交換了永遠，我不能、我不能負荷那永遠的黑。

並且煙火從來不屬於任何人。

所以千萬不要奢望擁有。

「也是啦，和差距太大的人談戀愛的確很麻煩，而且幾乎沒辦法走到最後。」靜媛托著下巴無聊的說著，但下一秒鐘卻換上興奮的笑容，「但是當作旅行偶然的戀情就好了啊，調劑身心也不錯，既然有偶像劇男主角在眼前晃來晃去，我還是覺得不談一場戀愛會遭天譴。」

就算抱持著想談場短暫戀情的心思，但如果放不開手又該怎麼辦呢？所謂的愛情縱使帶著堅定的前提，然而陷入之後的世界有一部分會脫離所處的現實，於是如末日一般試圖擺脫那起先就未曾改變過的困境，擺盪在盼望與現實兩者之間混亂的不僅僅是彼此的心思，同時消耗了曾經濃烈的愛情。

最後那些前提，卻成了最傷人的武器。

「反正妳不用再浪費力氣了啦。」

「好吧。」她很乾脆的結束這個話題，喝了口已經不冰的水又湊到我身邊，「那妳是打算參加聯誼囉。」

「我什麼時候……」想要反駁卻又止住了聲音，現在的我並不那麼想要愛情，然而空白的感情卻讓自己太過容易受到孟祈遠的撩撥，至少我不能只望向他，「反正也沒事做。」

只要能移開雙眼，或許就能夠以淡然的口吻說著那真是場美麗的煙火吧。

06

忽然我猛烈的深呼吸、即使突入體腔的氧氣超出負荷而感到暈眩我依然用力的呼吸，彷彿惡作劇之後終於意識到事態嚴重的小孩一般僵硬的身軀霎時軟趴趴地如同攪拌不均勻的麵團，坐在沙發上我一點也不想接受這個事實。

但事實不管我們接不接受它都還是事實。

我掉入孟祈遠的陷阱了。

我早該預料到這就是我成為孟祈遠奴隸的開始。

肚子很餓但某人習慣八點吃飯所以我只好先打掃，刻意推著吸塵器在他附近繞圈圈想吵到他看不下文件但他完全沒反應，接著洗了他的衣服，這件和這件要分開、那件要送洗，還有這件和那件要手洗，我咬著牙帶著巨大的心酸伸出手揉著他的衣服，他的貼身衣物也在必須手洗的範圍，他居然逼迫我這純潔的少女做這種事，好吧雖然不是少女但他分明是虐待我。

努力的詛咒孟祈遠但耳邊不斷震動著他的聲音，「反正妳離少女有段距離而且更靠近大嬸，既然清潔阿姨可以沒道理妳不行」，我的憤恨延伸到他的浴缸跟馬桶，嘟著嘴一邊想像自己是被虐待的悲情女主角，一邊摸著肚子安撫它。

明明就很乾淨卻逼迫我一定要徹底的刷洗，但依照他家的閃閃發亮的狀態看來，清潔阿姨八成是被他整到生病，不知道如果我生病能不能跟他要職災賠償……站起身看見浴缸像新品一樣有種莫名的成就感，接下來是洗臉台，大概我的基因裡帶有極高的被虐成分，不、這是屬於樂天的一種，於是我哼著小星星開心的刷著洗臉台，回家也把自己的浴室刷一遍好了……

「很開心嘛。」

轉過身就看見站在門口的孟祈遠，「幹嘛啦？」

「去買晚餐。」接著他從皮夾拿出一張幾乎全新的五百元，這個人絕對有潔癖。

「我手濕答答的，放進我的口袋。」

「哪一個口袋？」

這種時候在我身邊的通常是家人或者許靜媛，而我身上唯一的口袋就是褲子後方，也就是屁股上的位置，因為餓過頭一想到終於能吃晚餐一時間沒了腦袋，我居然順暢的側過身還推高一邊屁股，他皺起眉把錢塞進去的瞬間我才意識到這尷尬的動作。

但是已經來不及了。

所以我只好扯開話題。

「有特別想吃什麼的嗎？」

「不要加辣其他隨便妳。」離開前他看了一眼我、的屁股，「看來妳缺乏運動，嗯？」

討人厭的男人，小心我把所有的菜都加上朝天椒辣死你。

收起清潔用品把手擦乾經過客廳時順便狠狠的瞪他，逕自走進廚房他大概沒發現我帶了一堆菜過來，所以聽見炒菜聲時他走了進來，斜倚著牆他安靜的注視著我。

「幹嘛，怕我下毒嗎？」

「食物中毒結果也差不多。」

「我相信你一定有巨額保險，我會拿捏好只讓你肚子痛到爬不起來，絕對不會殺死你的。」

「張幽靈。」

「是張、伶、悠。」

「妳是第一個做菜給我吃的女人。」又在撩撥人心，一定是想讓我胡思亂想接著用力的嘲笑我。

「你媽不是女人嗎？」

「我沒吃過她煮的飯。」

我愣了一下不知道該不該道歉，卻怕不小心又說錯話，最後只好咬著唇低頭拌炒菠菜，一直以來我們都認為「他們那類人」無法理解我們，但卻忽略了我們自己也沒有試圖理解對方；或許在我們羨慕他們的同時，他們所渴求的卻是對我們而言太過普通的日常。

「我……」

「雖然有點勉強，但好歹妳也算是個女人。」

「孟祈遠，你真的不怕我下毒嗎？」

然後他笑了，太過愉快的笑容讓我移不開雙眼，也許這麼凝望著會沉淪也說不定，縱使閃現過這樣的念頭卻還是沒辦法動作。

「就算妳下毒我還是會吃下去。」

眼前的孟祈遠似乎和印象中的那個人微微的錯開，沒有嘲諷的氣味也沒有似笑非笑的弧度，不很明顯卻彷彿逐漸貼近地面而靠近我所生活的現實，然而越靠近也越讓人移不開眼，所以只能後退。

他的存在如同漩渦，一不小心就會被捲入深不見底的深海，又或者在他周圍處處都設有陷阱，稍一閃神便會被捕獲；我不想成為籠子裡被豢養的兔子，也不希望沒入漩渦因而滅頂窒息，所以必須小心的後退。縱使存有著一點遐想、一點渴望甚至一點眷戀都無所謂，不要失足就好。

站在這裡就好。

「等一下我就把整包鹽倒進去。」

「沒關係。反正，妳絕對吃得比我多。」

他摸摸我的頭愉快的走出廚房，注視著他的背影我的心跳絲毫沒有減緩的跡象，斂下眼視線落在深綠色的菠菜上，關起火卻無法熄滅那飄起的蒸汽。

久久揮之不去。

□

我咬著晚餐一邊注視著優雅吃著飯的他，總感覺安靜得太過凝滯而坐立不安，所以我決定勇敢地打破沉默。

「不覺得、有點安靜嗎？」

他抬起眼並沒有立刻回應而是確實的將口中的食物嚥下才緩慢地開口：「妳想聽音樂嗎？」

「不是……我是說，吃飯的時候不是應該說點話，這麼安靜不覺得連菜都變得難吃了嗎？」

「妳是想替自己煮的菜難吃找藉口嗎？」

「才不是。」再怎麼說我也是從小就開始煮菜，但是我對食物的要求只要有熟味道不要重到吞不下去就好，我的界定只有「能吃」跟「好吃」所以他這麼一說讓我有點動搖……「不過、菜很難吃嗎？」

「一般人吃飯都會聊天嗎？」

「應該吧，至少我認識的人都這樣啊，沒特別想說的也會說菜好不好吃或是看著電視討論內容之類的，不過我爸總是在餐桌上問我考試成績或是交男朋友了沒，根本就跑不掉。你還沒回答我，菜真的很難吃嗎？」

「那妳交男朋友了嗎？」

「關你什麼事？」真是討厭，故意踩人家尾巴，「欸，菜真的很難吃嗎？」

「所以是交不到男朋友。」

「才不是，是我標準太高，追我的人多到連我都數不清了，不要看不起我。到底菜是不是很……」

「不會啊。」他終於回答我而答案讓我鬆了一口氣，但下一秒鐘他又來個狠狠的重擊，「還吞得下去。」

「再挑剔下次就吃泡麵。」

「是妳一直追問，結果聽到不喜歡的答案就遷怒到我身上，不覺得我很無辜嗎？」

「這種問題不管好不好吃都要回答好吃，這是禮貌。」

「是嗎？」瞇起眼我看著他，認真的點頭，「那妳再問一次。」

「我才不……」最後一個字說出口之前我就止住聲音，這會是能滿足我小小虛榮心的唯一機會也說不定，「好吧，為了你我才再問一次的，菜好吃嗎？」

「不好吃。」

我一定會瘋掉，這個男人、這個惡劣又偏執的男人，下次我一定會煮朝天椒大餐配上辣椒飯給你吃。

「下星期你就好好期待晚餐吧，我一定會、絕對會，讓你永生難忘。」

「妳問的是『菜好吃嗎？』」他的聲音沒有特別的起伏，沒有施恩沒有討好只是用著很安靜的口吻，「我從來不吃菠菜。」

一時間我完全無法反應，如果不問或許永遠都不會知道，而他仍舊努力吞嚥著自己厭惡的食物，這不是我印象中的孟祈遠，他應該皺著眉說著「我討厭這個」或是嘲諷的說「我不吃這種便宜的菜」，但眼前的他都不在任何設想之中。

看著只剩下三分之一的深綠色，突然感到生氣，但又不知道為什麼要生氣只是一口氣把所有菠菜夾進碗裡，再把盤子移到離他最遠的距離。

停下動作後我才想起剛剛他問「一般人吃飯都會聊天嗎？」，沒特別在意卻突然明白那之中包裹的酸楚，然而他的語氣卻太過雲淡風輕，彷彿他已經接受那不是他該擁有的畫面。卻還是想探究。

讓人微微泛疼。

「既然不吃剛剛為什麼不說？」

「因為看見妳帶菠菜來了。」他的嘴角泛起淡淡的笑容，非常的輕、如果不仔細看甚至不會察覺，但我並沒有意識到自己是這麼仔細的注視著他，「雖然沒想過，但可能、有一點期待吧。」

「下次、下次不吃的東西要先說，就算不煮我也可以帶回家加菜。」轉開目光我盯著碗裡的深綠，「快吃啦，菜都涼掉了。」

□

趴在床上我的思緒如同胡亂交纏的繩線，終於下定決心面對那團混亂卻發現那已然成為死結而無以鬆解。於是越來越糾結。

滾進棉被裡讓自己綑成繭，只露出一顆頭我的視線落在地板上任意的點但更近似於無法對焦的一個模糊區塊，意識逐漸渙散我的體溫也愈加升高，就在這樣帶著迷離的熱度之中我又想起他。

這已經是今天的第十一次閃現過他的畫面。

爬出繭過高的溫度讓我感到有些暈眩，乾渴的喉嚨亟欲尋求任何能夠撫慰那片沙漠的甘霖，貪婪地灌下一大杯冰水稍微鎮定了喉嚨的熱燙卻引來更劇烈的痛楚，從太陽穴為核心向外擴散。

彷彿作為一種象徵，滿足了一邊的渴望卻同時帶來另一邊的陷落，那兩者之間的平衡不是那麼輕易就能取得，必須小心翼翼相當仔細的測量然後輕柔地填補渴望的洞，在動作之中必須耗費極大的心力觀察著另一邊的陷落，適當的陷落沒有關係，但不能、無論如何都不能超出某一條界線，看不清楚但確實存在的界線，一旦超過那麼一切就會被毀壞沒辦法彌補了。

癱坐在沙發上我的頭痛終於減緩到能夠忽略的程度，然而當頭痛這件事被排除之後他的影像又再度找到空隙溜進我的意識之中，我並不想分辨那究竟是從外來的某個誘發物引起神經突觸釋放傳導物質，例如我正坐在那天他坐的位置；又或者他的存在從我自身的潛意識竄上，意味著他早已佔據我腦區某個部分。

哪一個結論我都不想接受，前者代表我意志力薄弱，後者代表我整個人的感情忍耐力不足。

第十二次。

無論如何這種類似於少女思春的頻繁思念太過可怕，孟祈遠和我打從一開始就分屬於軌道兩端的世界，他沒有走過來的意圖而我也不想停留於對面的世界，站在軌道中央的會面太過危險。或許因為這份危險而讓許多人趨之若鶩，然而一不小心也許會屍骨無存，大多時候並不是真正的生命而是我們的感情，那是更加無以挽救的失去。

伸出手探向桌上的水杯，碰觸杯緣的瞬間也許是由於那份冰涼而讓我終於明白，彷彿有哪個人拿起剪刀俐落的往纏住我的繩結剪去，雖然我猜想也同時剪去了我不少條神經，但至少我稍微看見了自己。

收回手很乾脆的放棄水分，站起身在原地轉了好幾圈接著如石化一般僵直在某一點，依然在原地。

如果不在意他那就不會總是仔細地凝望著他。

如果不是很在意他就不會總是想起他。

如果不是有陷落的預備就不會總是太過認真的思索兩個人的位置。

對於感情我從來不曾如此小心翼翼，更遑論在開始之前就如同行走於鋼索之上戰戰兢兢，忽然我猛烈的深呼吸、即使突入體腔的氧氣超出負荷而感到暈眩我依然用力的呼吸，彷彿惡作劇之後終於意識到事態嚴重的小孩一般僵硬的身軀霎時軟趴趴地如同攪拌不均勻的麵團，坐在沙發上我一點也不想接受這個事實。

但事實不管我們接不接受它都還是事實。

我掉入孟祈遠的陷阱了。

但他根本連狩獵的準備都沒有進行，感覺就像說著不想被抓但雙腳卻一步一步往獵人的狩獵範圍走去，以不驚動所有人的方式安靜地跳入，雖然能夠轉頭離開但卻更想窺探那木屋中睡著的獵人，於是在窗邊看見獵人的身影之後打算離開，卻因為揮之不去的獵人畫面而踩到了陷阱，不是獵人為了自己設的陷阱，而是終年設在那通常獵人並不巡視的陷阱。

所以兔子無法掙脫而獵人也不知道獵到兔子，怎麼聽都像是悲慘的寓言故事。

那麼、試圖掙脫或者大喊呼叫獵人呢？

前者太難後者太傷自尊。

所以我決定觀望。

說不定會因為我這隻兔子太過可愛獵人捨不得吃而放過我，但也可能成為獵人豢養的寵物，怎麼樣都比變成兔肉大餐好。所以我該做的就是試探並且判斷獵人的心思，在那之前必須保持安靜不引人注目避免任何人走向我，只要不被發現我已經掉入陷阱就好。

07

如他這類太過容易被人愛上的人，這本身就是該抗拒的一件事，縱使不是愛上就會不可自拔的類型，但我也不是能夠將愛情當作消遣或者調劑身心的活動的人。

眨了眨眼又搖了搖頭最後我終於確認眼前晃來晃去的不是幻影而是真人。而且是女人。

我怎麼都沒想到其實獵人有妻子之類的可能呢？

「孟祈遠不在嗎？」

「不在。」女人拿著玻璃杯優雅地走向客廳，雙腿相當修長不必走近都能判斷她絕對比我高出半顆頭，「妳是新來的傭人嗎？」

「我是來打掃的沒錯但不是傭人。」

「來打掃的不就是傭人嗎？」

才不一樣。最後我決定不理會她開始例行的掃除，刷著浴缸的時候我發現自己的胸口有點悶，像是夏天走進高溫不通風的房間那種不舒服的感覺，儘管冰涼的水滑過我的肌膚也沒有任何幫助，或許是因為客廳裡那彷彿主人一般的美麗女人。

一時間我也分不清這樣的現實對我而言究竟是殘酷或者仁慈，現在的我只是踩進水池邊緣而已雖然沾濕了褲腳卻還能果斷的離開，所以不要有更多的盼望在倒數的相見裡同時倒數著自己的才剛萌芽的愛情，反正本來就是不同世界的人那麼就當作這是一場短暫的綺夢，帶著最美好的畫面成為記憶，安分的刷著浴缸就好。

「張幽靈。」

忽然孟祈遠的聲音竄進我的腦中，起初以為那只是記憶的回響緩慢的轉過頭卻看見他勾著笑站在門邊，想把手裡的鬃刷扔向他卻更想安靜地凝望著他。這一瞬間我更加確定，我真的喜歡上眼前這個總是似笑非笑又喜歡戳人弱點但卻擁有令人心疼的微笑的男人了。

喜歡。可能還混著一點點愛的成分。

「幹嘛啦？」

「今天我有朋友來，妳不用煮晚餐了。」

「我本來就沒打算煮。」

哼。在看見那個腿跟長頸鹿一樣長的女人之後我就沒打算煮晚餐，不然一失手就會倒進整包鹽讓你們體會大海的味道。

「那妳要一起吃飯嗎？妳應該最喜歡免費的晚餐吧。」

「跟女朋友吃飯幹嘛抓我當電燈泡？」

「吃醋嗎？」

他帶著戲謔口吻的話語卻狠狠踩中我的痛點，愣了一下像被巨石砸中但下一秒鐘我旋即回復理智，這時候就要堅定的反駁：「你真的不去治療你的自戀病嗎？」

「反正買了很多，吃不完也是浪費，倒不如餵妳。」就說了我不是豬，「是妳絕對吃不起的高級餐廳外帶，妳考慮一下吧。」

孟祈遠果然是殘忍的撒旦，我並不是貪吃鬼但有點貪小便宜，而且多收集一點情報例如那個女人的資訊，說不定是姊姊妹妹甚至是凍齡到有點驚悚的媽媽……迅速地沖洗完浴室拉好身上的衣服深呼吸三次才踏出浴室，又深呼吸五次才走出孟祈遠的房間，一、二、三？

我又數了一次，沒錯是三個人。

「妳就是那個小幽靈嗎？」

一個桃花眼的男人湊了過來，像打量珍奇異獸一樣仔細看著我，相當沒有禮貌。但想想孟祈遠也很沒禮貌、說我是傭人的女人也很沒禮貌，所以這個男人沒有禮貌反而顯得自然。果然突兀的是我的存在嗎？

「是張伶悠。」

「聽說小幽靈欠祈遠錢啊，要不要來投靠我，我會好好照顧妳才不會讓妳當傭人呢。」

「我是張伶悠不是小幽靈……」

「要欠多少錢才得當傭人吶？」女人慵懶的靠在沙發上沒有諷刺以純粹好奇的語氣發問，但這本身就是把利刃，一萬兩千八百塊，誠實回答應該不會有人相信吧。

「你不是說肚子餓？」

聽了孟祈遠的話桃花眼男人熱絡的拉著我的手走到廚房，最後我和女人面對面坐著左邊是桃花眼男人而右邊是孟祈遠。我好混亂。

□

孟祈遠和長頸鹿女不怎麼說話，餐桌上充斥著桃花眼男的聲音，相當令人佩服的是他進食的動作十分優雅並且確實吞嚥下食物才說話，在這樣的前提下他依然能讓聲音沒有停歇，這大概也算是一種才能。

我還是不知道長頸鹿女和桃花眼男的名字，除此之外桃花眼男釋放出大量資訊，有些屬於我認為相當私人但他們似乎不在意的範圍，去除掉他多餘的修飾與無意義的內容，一邊聽著一邊整理出他和孟祈遠是高中時就感情很好的朋友，大學時期加入了長頸鹿女，三個人偶爾會像今天一樣簡單的晚餐，長頸鹿女有孟祈遠家的鑰匙，我的耳朵在他滔滔不絕的話語中準確的抓到關鍵句，長頸鹿女有孟祈遠家的鑰匙，雖然桃花眼男句子的重點在「通常長頸鹿女會先來準備」但我的腦袋像故障一般無限播放著「長頸鹿女有孟祈遠家的鑰匙、長頸鹿女有……鑰匙、鑰匙、鑰匙……」。

因此一直到晚餐結束三個沒禮貌的傢伙移師到客廳聊天喝香檳而我苦命的面對流理台裡成堆的碗盤，我的腦袋依然嗡嗡響著。

「洗碗不戴手套手會提早老化，看來妳果然已經自暴自棄，這可是連清潔阿姨都仔細注意的事。」

手已經浸在充滿洗潔劑的水槽中，側過頭看了顯得相當愉快的孟祈遠一眼，或許是顧慮到我一個人待在廚房的心情所以特地來陪我，這樣的念頭閃現的同時我又立刻否定，孟祈遠的情感纖細並不包含這個範圍。但心頭還是感覺暖暖的。

「手皺掉的話我會向你申請職災賠償。」

「講話那麼和緩，妳晚餐沒吃飽吧。」

「我本來就走氣質路線。」孟祈遠很不客氣的笑了，我斂下眼輕輕咬著下唇我的心跳不能自主的加速，突然感覺廚房太過狹小以至於他的氣味過於濃烈，無論多麼小心翼翼的呼吸仍舊會吸入沾染上氣味的空氣，「去客廳喝你的香檳啦。」

「妳晚餐吃得比平常少。」

快速跳動著的心跳突然停了一拍接著以不規則的速度再度加速，因為試圖在桃花眼男大量的語句之中擷取有效的資料而無法分心進食，但這不是他該注意到的事。水下的手微微握緊想深呼吸卻又害怕攝入過多的他的存在。兩難。孟祈遠的本身就讓人感到如此的兩難，帶著趨近的渴望卻又有另一道巨大的力量逼迫自己抗拒，但究竟不得不抗拒的是什麼一時間我也弄不清楚了，起初是源於他與我處於截然不同的世界，然而這一瞬間、忽然覺得這一切都無所謂了。

被捲入漩渦滅頂也無所謂了。

但那也只是一秒不到的念頭罷了。如他這類太過容易被人愛上的人，這本身就是該抗拒的一件事，縱使不是愛上就會不可自拔的類型，但我也不是能夠將愛情當作消遣或者調劑身心的活動的人。

「你也才跟我吃過幾次飯而已，忙的時候我一碗泡麵就可以打發一餐，所以沒什麼吃得多吃得少的差別。」

「張幽靈。」

「就跟你說了是張伶悠……」

「妳今天為什麼都不正眼看我？」

「因為我眼睛痛。」

「愛上我了嗎？」

「愛、愛上路邊的拉不拉多還比較有可能，如果不想去治療你的自戀病就回客廳跟你朋友玩耍，不要妨礙我工作，超時的話我要收雙倍的加班費。」

「拉不拉多?原來妳有這種癖好。」

忍耐、絕對不能把盤子砸向他，砸傷他就算了重點是盤子壞了我的賣身契又會延長，「你再不出去我就用洗碗水潑你。」

「弄髒地板會很難清喔。」

沒有辦法、這個男人不在我能處理的生物範圍內。我的頭好暈。

□

「你又……」

「我不是祈遠。」才剛擦乾手準備回家長頸鹿女就把香檳杯遞給我。用過的。

「我不想碰水。」

這些人果然是同一掛的。

取下掛在牆邊的刷子我安靜地刷洗著細長而晶瑩的香檳杯，只有長頸鹿女人的，上面沾了淡淡的口紅印，也許她要離開了。白色泡沫沾上玻璃壁面和我的手背，旋開水龍頭水的聲音填滿了整間廚房，女人並沒有移動而是站在原地看著我。

「愛上祈遠了嗎？」

關上水龍頭整個空間瞬間又沉默了下來，將香檳杯倒扣在一旁和方才仔細清洗的碗盤餐具一起，孟祈遠家的餐具總是嚴格的被限制在某個特定的區塊，例如弄髒的餐具必須待在水槽裡、洗過未乾的餐具必須置放於左側的架上、終於風乾的餐具必須仔細的分類一個一個安放在同類的身邊。在他的廚房內沒有一般人家中碗筷杯盤相互碰觸的可能，那種劃分即使整潔卻偶爾會讓人感到哀傷。

「你們這群人都有妄想症嗎？」

「我看得很清楚喔，因為是一樣的眼神。」長頸鹿女人露出相當美麗的微笑，「和我的一樣。不用擔心也不用作過多的揣想，我單純只是想和妳聊天而已，祈遠和紀凡在聊公事太無聊了。」

再度擦乾雙手，長頸鹿女看起來有些漫不經心，沒有感受到任何敵意，更準確的來說，我沒有感受到任何明確的感情。對我。彷彿我只是一個恰好站在路邊的人，正好她想說話所以她開始說話。

「我喜歡他很久了，不是秘密雖然也不會有人刻意提起，一般人大概沒辦法理解抱持著愛又靠得那麼近卻能夠無所謂的待著，一開始不是這樣的，很難受、真的很難受，從小到大總是被捧在掌心的我不僅被拒絕而且對方還絲毫不在意我的心情，嚥不下這口氣所以死命地待在他身邊，啊、原來是這樣啊，有一天我突然明白了，這個男人不是不在意而是根本沒有考慮過這件事，對方的心情甚至是自己的心情都不在考慮的範圍內，就算有情緒起伏那也是自己必須克服的事情。

「相處久了才發現這一點，雖然很難以理解，但在一般人的教育裡教導著理解別人、體貼別人的時候，我們的教育則是要我們超越別人、拋開別人，這種根本性的不同就是我們被孤立起來的原因，但也是我們站在頂點的原因。得到多少就要捨去多少，這也是沒辦法的事情。

「愛上祈遠的女人大概多到沒辦法數清吧，畢竟連我都愛上他了，不過我也已經放棄從他身上得到什麼了，雖然說愛他但可能剩下更多的是自己的自尊心，不要用難過的眼神看我，我的男人也很多，為了得到就要捨去，但既然得不到也就不需要為他捨去什麼。我只是覺得可能會很有趣，因為祈遠的生活裡第一次出現跟我們不同類的女人，我想妳的感情觀應該跟我們不太一樣，所以才告訴妳這些。」

雖然有一點點能夠理解但大抵上沒辦法消化，但無庸置疑的長頸鹿女人的重點在最後一段「我和他們是不同類的人」。

「我並不想……」

「妳想不想做什麼跟我沒有關係，只是覺得會很有趣才跟妳說這些話，不用把我想得太過善良，絕對不是因為怕妳受傷，但我也不是邪惡的巫婆，妳跟祈遠之間真有什麼的話我也不會阻礙你們。我不喜歡做浪費力氣又不會有收穫的事情。」

長頸鹿女自顧自說完話又很隨性的轉身離開，望著那扇空白的門說不定下一個走進來的人換成桃花眼男人，但發呆了好一陣子仍舊沒有人出現。

蹲下身靠著冰冷的流理台，金屬感的低溫透過薄薄的衣料傳遞到肌膚並吸取我身上的溫度，緩慢的達到平衡，但柔軟的身體始終沒辦法和堅硬的金屬取得平衡，於是隱微的疼痛感始終緊貼著我的背。

無論我和孟祈遠之間究竟有什麼，又或者可能有些什麼，似乎身邊的人都鼓吹著那些什麼膨脹起來，然而都用著不甚認真的態度。就當作旅行偶遇的戀情，旅行結束一切就收納為美好的記憶。靜媛愉快的編織著畫面。我只覺得會很有趣。長頸鹿女的語調相當漫不經心，帶著微醺的紅暈她淺淺的笑著。

那麼我自己呢？

又或者孟祈遠呢？

「肚子餓到站不起來嗎？」

抬起頭我看見的是孟祈遠，背後的疼痛已經到了無法忽略的程度，於是我猛然站起身瞬間感到一片黑暗，姿勢型低血壓，這個靜媛在我耳邊碎唸過許多次的詞要讓我牢牢記住不能太過突然的起身，但我終究是忘了。猛烈襲來的暈眩，我感覺到孟祈遠伸手將我扶住，恢復視覺後有輕微的嘔吐感，但旋即消散。

「餓昏了嗎？」

「我要回家了。」

孟祈遠並沒有攔我也沒有送我回家的打算，長頸鹿女和桃花眼男已經不在客廳了，想說些什麼卻又不知道自己能說什麼，「我垃圾忘記倒了。」

「我明天再倒吧。」

「孟祈遠。」

「嗯？」

「看到女孩子身體不舒服應該要說『妳還好嗎？』，接著要說『我送妳回去吧』。」

「妳要我送妳回去嗎？」

「不要。」充滿混亂情感的我現在沒辦法和他太過靠近的獨處，「但你這麼問完之後我感覺好多了。」

「普通人都這麼奇怪嗎？」

「嗯、普通人都這樣。」

08

愛情並不是等價交換，即使某一方拚命的交出感情或是其他具有價值性的物品，另一方無動於衷或者一味的接受到最後只會讓整個體系瓦解，又或者打從一開始就沒有任何什麼被建構。

拉、拉不拉多？

用力閉上雙眼默數三秒鐘緩慢地睜開眼，客廳沙發上孟祈遠怡然自得並且帶著具有邪惡感的微笑看著我，視線移到另一個奔跑的物體上，不是幻覺也不是海市蜃樓是一隻狗。幼犬。

上星期一開門看見的是長頸鹿女，這星期是奔跑的拉不拉多幼犬，那下星期會是來自熱帶叢林的鱷魚嗎？

「別人寄放在你家的狗嗎？」

「不是，今天買的。」

「買來送人的？」

「不是，買來養的。」

「你知不知道狗會掉毛、會流口水還可能破壞你家的任何一件物品，重點是，這樣我會掃得很辛苦。」

「也是。不過我本來就沒打算養在我家。」鬆了一口氣看了眼在我腳邊磨蹭的幼犬，真是越看越可愛呢，「養在妳家吧，反正本來就不是很乾淨，也沒什麼好被破壞的。」

這男人一定是千方百計想要逼瘋我，到底我又哪裡得罪他了？

「你不知道我家很小嗎？而且連自己都養不起了怎麼養一隻狗，而且還是會變成大狗的拉不拉多。」

「所以說我養啊，只是避免弄髒這裡所以養在妳家而已。」

「你是故意的對吧！想要逼瘋我沒有那麼容易，我很堅強的，你忘了許靜媛是怎麼挑戰我的極限的嗎？」

「我只是以防萬一，妳不知道我有多擔心被妳偷襲，畢竟一個飢渴的女人很難預料吶。所以只好想辦法轉移妳的注意力，上次妳不是『分享』妳的癖好嗎？放心我不會告訴其他人的。」

我說的明明是「愛上路邊的拉不拉多還比較有可能」，算了、無論如何我都不會懂孟祈遠的邏輯，摸了摸小狗的頭我哀怨的脫掉外套拿出吸塵器正要按下開關就聽見孟祈遠撒旦般的愉快聲音：「我取好名字了，就叫小幽靈吧。」

「你這個幼稚鬼。」

不理會他我開始打掃，小狗，好吧，小幽靈似乎被突來的聲響嚇到，關掉開關我輕輕安撫牠，最後走向正在讀著文件的孟祈遠將小幽靈放在他的肚子上，瞪了他一眼我繼續掃除。

吸塵器的聲音並不那麼大，然而在太過安靜的空間之中顯得格外突兀，在這樣的靜謐與嘈雜的衝突之中我的思緒意外的沉澱下來，經過孟祈遠身後他柔軟的髮絲輕輕飄動，一次又一次我看見他不同的面貌，然而起初的冷淡與無情隨著時間彷彿逐漸被沖淡，像是被沙覆蓋的潔白貝殼經過海水反覆沖刷之後漸漸顯露出它的美麗。

最近的孟祈遠多了一些溫柔、一些孩子氣還有更多的細膩，忍耐著吞嚥下菠菜的那一天其實我已經明白這一點，其實他是溫柔的，卻不懂得示弱也不會搖尾乞憐，也許人們總是要他堅強要他背負起比身邊的人更多的重量，所以他從來不知道，**示弱也是一種勇敢**。

長頸鹿女說的，自己的感情必須自己克服，所以他總是努力的忍耐著吧。我偶爾會這麼想，或許只是因為寂寞又不懂得如何訴說寂寞，甚至他根本不明白那種悵然空虛的感覺稱之為寂寞，因而對意外闖入他生活的我、擁有和他截然不同生活的我感到有趣，於是用著不同方式來逗弄我，就像、就像我們玩著拉不拉多一樣。有些時候是為了填補寂寞。

所以我跟拉不拉多是同類？

就算在他眼裡不太稱得上女人但沒想到居然淪落到寵物的地位，真是哀傷。

但是看著一個男人和一隻小狗安靜的待著，有一種微小卻溫暖的幸福感緩慢地擴散，看似日常的場景到底從什麼時候開始變得那麼遙不可及呢？曾經擁有的溫暖為什麼現在必須耗盡心力去追逐呢？

「張幽靈。」

「幹嘛？」

「給我妳家的鑰匙。」

「為、為什麼要我家的鑰匙？」

「這樣我才能去看小幽靈，放任一隻狗等妳下班很可惡吧。」

這到底是誰造成的？

「再怎麼說我也是矜持的女人，絕對不可能給你我家的鑰……」

「我請人換一把鎖也是可以，只是比較麻煩。」

「你知不知道這樣是入侵民宅？」果然我理解不了孟祈遠的邏輯，雖然給他鑰匙不在一般常識的範圍內，但本來這個男人就沒有常識。「算了、但如果你靠近我的私人領域，你就完蛋了。」

「避開髒亂的地區是人的本能。」我幾分鐘前是不是有說過他溫柔這種話？全部收回、一個字也不留的收回，「要打勾勾嗎？」

他一定是在諷刺我。

但最後我還是伸出小指了，有些事只有打勾勾才能約束對吧？

□

我又陷入由微弱光線和大量話語構築而成的聯誼，是前陣子不小心答應靜媛的後果。

對方的頭銜是工程師，但確切究竟是什麼樣的工程師我沒有仔細聽，這並不是我感興趣的部分。喝著絕對稱不上好喝的熱帶水果茶，濃濃的鳳梨味伴隨著強烈的人工香料感，一樣坐在角落但這次的六位男士都相當積極。

「妳都不說話這樣談不了戀愛的，在聯誼的場合本身的條件並不是最重要的因素，而是這個人渴望愛情的強度。」靜媛靠在我耳邊低聲地說著，「戀愛是需要複習的，太久沒有談戀愛的人會慢慢忘記怎麼談戀愛，然後有一類人就會放棄戀愛，好不容易愛上一個人卻因為已經放棄戀愛而錯過對方，不管怎麼樣都要避開這個可能性。」

嘈雜的背景音中靜媛的聲音勉強傳遞到我的耳膜，然而卻重重敲擊在我的胸口：「愛上一個人不是那麼簡單的事，我們不是十幾歲天真爛漫的小女孩，那時候體內堆積的愛情可以大方的丟給對方，但人身體裡面放置愛情的空間會越來越狹窄，到了現在已經縮小了大概一半的空間，再這樣下去空間繼續縮小我們的愛情也就越來越少，愛上一個人也會更加困難，所以不能放任時間就這麼流逝，流失的青春可以藉由手術刀重建但沒有一種器具可以撐開體內存在愛情的部位。」

靜媛只要喝了酒就會對我說出大量的話，時常帶有哲學性內容，也許酒精促使她的腦細胞更加賣力地運作。放置愛情的空間會越來越狹窄。又喝了一口充滿香料味的飲料，視線轉向賣力說著話的男人和女人。

然後我又想起孟祈遠。

那個時候他為什麼會坐在那次聯誼的範圍內呢？

「我們已經過了愛情自動找上我們的時間點了，如果不想放棄的話就只能靠自己尋找甚至追逐了。當然，也還是必須營造出一種是愛情自動沾附上的氣氛，總之微笑點頭然後附和對方這樣就對了。」

但是這裡找不到我的愛情。

我突然想起這件事，已經非常狹窄的空間裡放了屬於孟祈遠的愛情，所以無論多麼奮力地在這裡追逐也不會有我所盼望的愛情。

「我要回去餵狗。」

「張伶悠！」

「今天的男人不合我胃口。」我輕輕對靜媛笑了，「孟祈遠看久了不知不覺標準也高了一點，先讓我克服他的干擾我再來找個人談戀愛吧。」

我已經沒有多餘的愛情足以分給另一個人了。

□

插進鑰匙旋開大門，踏進玄關我卻沒有聽見小幽靈的叫聲，走近幾步我看見的是孟祈遠的背影。接著他轉過身。

「我來餵小幽靈。」

「我看到了。」

有一段空白的沉默飄蕩在我和孟祈遠之間，靠坐在沙發上體內的酒精似乎逐漸發酵，身體有點燙但意識相當清晰。喉嚨感到灼燙但刻意忍耐不喝水，藉由那份灼燙與乾渴證明自己正處於現實。微微搖晃的現實。

因為孟祈遠踏進了我的生活，儘管帶有目的性卻讓我的信念產生震盪。他在物理性的空間跨了過來，那麼情感性的空間是不是也能被克服？

「欸，你那時候為什麼會參加聯誼？」

「因為無聊。」但他不是會因為無聊而藉由聯誼消磨時間的人，「以前同學纏了我很久，『我要證明我可以把女人的視線從你轉向自己』，既然他這麼說就算浪費時間也還是去了，我不覺得女人的視線都在我身上，任何一個披著跟我一樣的家世、工作甚至外表的人，都能得到這些，要得到一個人的視線很簡單，但要得到更多就一定要拿出東西交換。我沒有交換的打算。」

交換。我想著。愛情並不是等價交換，即使某一方拚命的交出感情或是其他具有價值性的物品，另一方無動於衷或者一味的接受到最後只會讓整個體系瓦解，又或者打從一開始就沒有任何什麼被建構，交換，我又默唸了一次，儘管這本身是失衡的狀態，不、說不定像食物鏈一樣，牛必須吃大量的牧草但獅子卻只要吃掉一頭牛，只要滿足體內需要被填補的部分就好。

但無論如何都必須拿出什麼。這是從單向的愛情連結成雙向的愛情最基本的條件。

「你今天話很多。」

「詳盡地回答妳的問題還被嫌棄，普通人都這樣嗎？」

「嗯、普通人都這樣。」

孟祈遠在我的右側坐下，隔著比一個掌心再大一些的距離，恰好可以容納下小幽靈溫暖的身體。輕輕摸著小幽靈的頭斜倚著身體我望著他，正待在我的世界裡的他，這麼想突然讓人激動了起來，為了消弭口中的香料氣味我喝光了靜媛杯中剩下一半的長島冰茶，似乎是太過烈了一點，舌尖彷彿還殘留著伏特加和琴酒的氣味，還有被掩蓋在可樂味道裡分辨不出來的種類，意識又更模糊了一點。

「孟祈遠。」

「嗯？」

「孟祈遠。」我又輕輕唸了一次，或許並不是呼喚他而是藉由這樣的喃唸證明他的存在。只要輕輕開合雙唇就能感到震動，那就是一種證明。

「做什麼？」

「可以、讓我愛你嗎？」

我的頭好痛，不該瞧不起長島冰茶的，本來以為加了可樂的調酒絕對不是什麼角色，我錯了、錯在沒有察覺靜媛積極鼓吹我喝下所含藏的心思，喉嚨乾渴得像被倒進灼熱的沙，壓著太陽穴勉強倒了杯水緩慢的喝下。

唯一慶幸的是今天是星期日。

小幽靈在我面前殷勤的搖著尾巴，已經過了牠的早餐時間，開了一罐非常昂貴的罐頭再添滿牠的水瓶，摸摸牠的頭似乎有殘留的觸感在掌心擴散。我的頭痛到快要裂開。然後我想起昨天被酒精麻痺前額葉之後說出的荒謬話語。

可以讓我愛你嗎？

無力的趴在床上，最好就這樣被棉被悶死算了，但最後我還是把頭轉開拚命的吸著空氣，慢慢想起來了，那時候孟祈遠的表情。稍稍愣了一下但空白沒有持續多久，接著一抹相當邪惡卻又蠱惑人心的微笑掛上他的唇角，他傾下身將臉靠在我的面前，鼻子微微觸碰但也可能只是錯覺，我聞到他的呼吸，在自身散發的濃重酒氣裡我仍舊嗅聞到他的氣味，還有溫度。

凝望著他的雙眼，太過靠近並無法確切對焦，卻因此不得不用其他感官更加仔細的感受他的存在。差一點我就伸出手了。兩個人之間的小幽靈用著細小的聲音嗚嗚著，眨了眨眼我感覺到他的手輕輕撫上我的右頰，拉開了一點距離但仍舊靠近得讓人難以呼吸。

然後，他加深了微笑。

也許所謂的愛情就是這麼輕易就能得到也說不定，雖然大多時候必須費力地追逐但偶爾能夠以無比的幸運讓愛情垂直落在自己的手心裡。那個世界的他以及這個世界的我，這件事在這一瞬間彷彿不再重要，原來自以為堅定的理智這麼簡單就消散無蹤，這一秒鐘的我只想著眼前的愛情，現實或者其他的什麼等清醒之後再考慮就好。

沒關係偶爾任性一點沒有關係。

「伶悠……」

這是他第一次正確地喊出我的名字，我小心翼翼地呼吸，從他指尖傳遞而來的熱度過於迅速的傳遍整個身體，意識相當模糊已經分不清是因為酒精或者因為他。

他的右手微微施力，接著、用力地扯開我的臉頰。痛。撫著疼痛的臉頰我哀怨地看著他，果然愛情是佈滿密刺的玫瑰，無法輕易靠近。

「我對喝醉就亂告白的女人一點興趣也沒有。」

看著他果斷起身離開的身影，闔上門之後在我心中有一股惆悵逐漸飄散沾附體腔內壁，如果沒有酒精說不定一輩子都說不出口，臉頰殘留的痛楚我想他大概不會相信我正捧著一份愛情吧。

甩了甩頭小幽靈也跟著甩了甩頭，到底是狗越來越像我還是我越來越像狗真是莫名其妙，但終於完整回想起來之後我只想挖洞將自己埋起來，我不僅向孟祈遠告白還被乾脆的拒絕。我被拒絕了。雖然在意料之中但還是很傷自尊，除此之外還有隱約的疼痛。

可以忍受但無法忽略的疼痛。

09

愛，想要這個吧，而且不是談談戀愛那種溫柔或是喜歡，而是必須全心全意投入才能拿出來的愛，對我來說那不只是愛而是自己，必須交出自己的愛情對我而言太過危險也太過沉重，那不是我想到達的深度。

雙手快速地敲打著鍵盤，每個月的最後三分之一時常是最忙碌的時期，彷彿是一種無法抵禦的病毒讓大多數的人都罹病，無論是多麼重要的任務總是堆累到將近期限而感到莫大的恐慌，或許藉由任務所衍生的恐慌作為其重要程度的判準，當然偶爾也能作為自身工作效率的挑戰。

總之忙到連交談的空隙都沒有，至少想起孟祈遠的次數因而減少許多，也因為總是加班而暫時中止了「償債工作」，那之中多多少少帶有逃避的意味，儘管能夠視為醉後的胡說但話畢竟被說出口了，孟祈遠並沒有多說什麼；然而逃避帶來了喘息的空間卻同時讓尷尬逐漸醞釀，也許立刻耍賴說「喝醉發生的事情我都忘了」就能讓一切回歸原位，卻因為逃躲而讓那話語的重量更加沉重，是真的喔，閃避的外衣似乎寫滿了這四個字。

「早知道平常就不偷懶了。」好不容易盼到午休時間靜媛趴在桌上用筷子戳了戳便當裡的茄子，似乎食慾全無，「但就算這麼說下個月也還是會繼續偷懶。就算我們把手邊的工作努力做完，月底還是會突然有一堆工作掉下來，說不定整間公司都在偷懶。」

「妳根本就是在合理化。」

「這樣才刺激啊，有時候忙到快死掉，有時候閒到想找螞蟻出來玩，這樣才有時間在跑的感覺啊，上班這件事已經夠規律了，如果連工作的內容都沒有變化那就會感覺時間停在某一點，但事實上時間沒有停過啊，一天一天過去之後會突然發現自己的意識跟不上現實的速度，然後就會掉到不知道有什麼的黑洞裡，所有的精神都會被吸進去喔，很多中年大叔大嬸都是這樣啊，最後只是踏著階梯一直走一直走，不知道要到哪裡也不能改變方向，萬一停下來可能連僅存的踏步的價值也沒有了，所以到死之前都只能這樣一直踏著，我才不要變成那樣的人。」

「妳偷喝酒嗎？」

「哪有。」

「妳只有喝了酒才會這麼一長串又碰巧有意義的話。」

「不知道我很有深度嗎？」靜媛終於開始將午餐送入口中，但我吃到一半的炒麵卻已經涼掉，「不過，五號放過妳了嗎？還是說妳在我面前刻意維持跟以前一樣的生活，私底下都餓肚子不吃飯嗎？」

「如果是呢？」

「那應該會瘦吧。」果然不能期望這女人身上有任何一點良心。

「欸、許靜媛。」她抬起眼看著我，「『我可以愛你嗎』妳覺得這句話聽起來是什麼意思？」

這幾天我十分認真地考慮著這句話的意義，雖然孟祈遠說是告白但跟「我們交往吧」或是「我喜歡你」仍舊不大一樣，反覆念著這句話總感覺心酸酸的，但卻又沒辦法確實理解那份心思，甚至連那時候的自己為什麼會說出這句話都不太明白，唯一記得的只有，那的的確確是我的真心。理智被麻痺完完全全由體內的感情所說出的話。

「很高段啊。」高段？「不是直接說喜歡也沒有表達想得到什麼，感覺像是可憐的女主角說著『我只想要愛你而已，其餘的我都不敢奢望』，如果是聰明的人說出來的話，那就是以退為進；如果是笨的人說出來的話，那就是已經假定對方不會愛上自己，或是自己得不到這份愛情，所以至少想得到對方的允許，允許自己的愛，至少比起單戀這還是多了一點安慰。但這不過也只是自我安慰而已。」

「是嗎。」

「張伶悠，是妳對人說還是人家對妳說？」

「沒、沒有啊，在書裡看到的……」

「妳的臉都寫得清清楚楚。現在先放過妳，如果人家這麼對妳說，不喜歡對方就連餘地也不要給，不、可、以，不管用什麼方式就是要拒絕對方，雖然很殘忍但說可以但又不可能給出自己愛情的人一定會下地獄。如果是妳傻傻地說出這句話，妳只有兩個選項：逼自己放棄或是不顧一切地撲上去，在中間點猶豫只會讓自己越陷越深，陷得越深的人籌碼越少也越難抽身，所以，要果斷的作出選擇。」

斂下眼想撇開頭卻被靜媛用雙手固定住，「妳知道為什麼我可以把愛情看得那麼簡單嗎？因為不這麼做就會被困住。每個人都有不同弱點，但愛情幾乎是所有人的弱點，如果抱持的不是『想談戀愛』而是『想去愛』，那麼就要更加果斷，因為不是遊戲也不是消遣，而是將自己作為賭注的豪賭。」

豪賭。

放棄。撲上去。果斷地選擇。

□

小幽靈興奮地在公園裡奔跑，偶爾幾個慢跑的人經過，被雲層遮住看不見夕陽卻依然有強烈的橘色光芒，坐在長椅上踢著腳，腦袋一片混亂。

接著我撥了電話給孟祈遠，響了很長一段時間最後轉進語音信箱，我不喜歡留話那會衍生過多的猜想，也許對方沒辦法好好解讀，而得到回應之前會揣想著究竟他聽過了沒有，或許沒有，或許聽了之後不打算回覆，一層疊上一層沒辦法停止想像，所以我切斷電話。

事實上我也沒有特別想對他說些什麼，也許見一面就會知道該怎麼做，雖然有勇無謀但偶爾這樣的衝動反而讓事情簡單很多，至少面對面站著就沒辦法逃避了，就算臨時想逃跑腿也比人家短一定會被拎回來，所以不得不想出解決方法來。

反正一定會有逃生口。因為這是消防規定。

我想起大學時期某個學姐這麼對我說過，那時候她正面臨就業與升學、A男與B男，還有台北或者台中，像是說好一樣所有的問號同時間爆發開來，整個天空都寫滿了問號，但意外地卻沒有任何一個問號黏附在她的身上。那時候覺得她樂觀到無可救藥，過了很長一段時間才明白，有些時候人們不得不採取這樣的方式讓自己得到氧氣，不然呼吸會終結在問號下的那一點。

至少現在的我只背負著一個問號，這麼想想就開闊多了。

我又撥了一通電話，依然響了很長一段時間，我一邊數著一邊想著第幾聲才會轉進語音信箱，結果在第十一聲的時候被接了起來，我的手微微顫抖突然發現我沒有準備好第一句話。小幽靈在腳邊繞來繞去，我決定先等他開口。

「祈遠和紀凡在打球，看見妳的名字就接起來了。」不是很熟悉的聲音但這個口吻百分之百屬於長頸鹿女，「原來妳真的叫悠伶啊。」

「是伶悠。電話螢幕上的字必須從左邊唸到右……」

「大概要等十五分鐘才會結束，反正我也很無聊就陪妳聊天好了。」長頸鹿女依然沒禮貌的打斷我的話，但託她的福我鎮靜了下來。

「妳知道十五分鐘的電話費有多貴嗎？」

然後電話被切斷了。動作僵直一時間反應不過來，這個女人，我果然無法理解「他們那類人」的思維，放下電話的瞬間它又響了起來。債主。愣了幾秒鐘我還是接起了電話。

「讓祈遠付錢妳就沒意見了吧。」

「就算這樣，掛人電話還是很沒有禮貌……」

「我對妳是需要有禮貌的關係嗎？既沒有必要在妳面前營造形象，也沒有想從妳身上得到什麼，那麼禮貌就是白費力氣的動作，但是我們在根本上就不對等，如果妳得罪我，也許我會在祈遠面前搬弄些什麼，所以我們姑且算是妳必須保持禮貌而我沒有這個必要的關係。」

謬論。乍聽之下差一點就被說服但那之中的邏輯根本完全扭曲，但他們是從身體內部開始扭曲沒辦法輕易改變所以我很乾脆的忽略。

「妳跟祈遠示愛了嗎？」

「他告訴你們了？」我的聲音突然拉高八度，我還天真的以為孟祈遠會保守秘密，至少不當一回事也好，但長頸鹿女卻這麼輕鬆的說出口。

「沒有。隨便問問而已，妳還真是好騙。」

「妳、妳到底想做什麼？」

「就說了只是無聊。」長頸鹿女的聲音裡散發著濃濃笑意，沒記錯的話她應該也算是喜歡孟祈遠吧。「那天對妳說那麼多話妳以為只是打發時間嗎？就說了我不會浪費力氣，聽了那些內容妳絕對不會無動於衷，退後或者前進，主動打電話來應該是選了前進吧。」

「心機鬼。妳到底想幹嘛？」

「結束。」長頸鹿女很乾脆的回答，「雖然已經放棄但身體內還有一部分的自己死抓著對祈遠的感情，這樣下去我絕對得不到幸福，所以總要想辦法把最後那一點感情消滅。他交往過很多女人，但都和我們屬於同一類人，只要祈遠一開始表明了他不會投入全部的自己，另一方大多也小心的不要付出太多，但是妳大概沒辦法吧，畢竟一般人的教育就宣揚『愛就要投入』。

「雖然沒有錯但很多時候人只想要一段各取所需的愛情，大概就是因為太過熟悉各取所需的方法所以才沒辦法徹底去除對他的感情，因為還沒拿到我需要的部分所以還是想拿到而無法乾脆鬆開，所以如果有一個人拿走自己要的那部分的話，說不定就能告訴自己，那裡已經沒有東西了。那時候就能把那份需要也丟開了。」

「利用我嗎？」

「不然呢？」

「還以為妳是好人。」

「我不想當好人。」長頸鹿女無所謂的說著，「好人是最累的人種。」

□

結果衝上頭的勇氣被長頸鹿女消耗殆盡，隔了很長一段時間我的生活裡沒有孟祈遠，度過忙碌的月底小幽靈長大了一些，在某些間隙甚至浮現「就算我再也不去打掃還債孟祈遠說不定也不會來找我」，本來就是毫不相干的兩個人一旦切除唯一的連接點那麼就真的什麼也沒有了。

但我一向是認真負責的人，所以我還是出現在他家了。

「妳想用泡麵打發我嗎？」

「我今天心情不好不想煮飯，你就安靜的吃，加了蛋加了青菜還加了肉已經很高級了。」

「妳就是這樣浮報伙食費的嗎？」

「你的預算是五百塊我哪一次超過了？」

「妳也從來沒有找過錢。」

「不知道現在什麼都漲嗎？這碗泡麵價值兩百五，兩碗加起來剛好五百。」

「妳為什麼心情不好？」我咬著泡麵不想回答他，「我總要知道我還得吃泡麵多久吧。」

事實上並不是心情不好而是煩躁，從昨天開始只要想到「明天就得面對他」就無法安定，交給組長的報告也錯字連連修改了好幾次，沒有心思下廚所以抓了兩包泡麵，但眼前的孟祈遠居然像什麼也沒有發生一樣，讓我的煩躁又多了一點難過。

「反正只剩下三次，就算每次都吃泡麵也頂多三次。」

「捨不得離開我所以心情不好嗎？」

「既然拒絕我了就不要隨意撩撥一點公德心都沒有。」

「枉費我還好心地裝作沒事，所以說當好人真是麻煩。」怎麼會有人連吃泡麵都可以像在吃懷石料理一樣優雅，真是刺眼，「這是為妳好，所以不要愛上我。」

「為、為什麼？」

「我的胃口沒那麼好，我很挑剔的。」

「孟、祈、遠！」

「那天對妳說過吧，愛情是需要相互交換的，妳要的東西我沒辦法給妳。」

「我又沒有想要你的東西……」

「想要名牌包或是鑽石那都無所謂，如果只是那麼簡單的東西，我也不介意和妳談場戀愛；但通常說什麼都不想要的人所要求的才是最昂貴的，愛，想要這個吧，而且不是談談戀愛那種溫柔或是喜歡，而是必須全心全意投入才能拿出來的愛，對我來說那不只是愛而是自己，必須交出自己的愛情對我而言太過危險也太過沉重，那不是我想到達的深度。」

「你剛剛說，你不介意跟我談戀愛……」

「妳的摘要能力有問題嗎？」

「我以前功課很好、非常的好。」

輕哼了一聲以表示驕傲，接著全心全意地注視著他，雖然年紀已經不小了似乎不該孤注一擲，但人生總會有某一瞬間會不顧一切也想選擇那一條路。大不了重傷住院反正醫療技術那麼進步，總會痊癒的。嗯、無論如何都會痊癒所以就算受傷也沒有關係。只要記住這件事就好。

「孟祈遠，我們來談戀愛吧。」

「妳聽不懂我說的話嗎？」

「聽懂了啊，每一個字都懂。既然你說談場戀愛也沒關係那就表示你對我也有好感吧，你就照你的方式談戀愛啊，我也照我的方式，撐不下去結束正好，但如果、人有時候運氣來了也會中樂透啊，如果能夠動搖你的內心，那麼我的劣勢就會立刻轉變成優勢，一直被你打壓我也想佔一下上風。」我扯開甜甜的笑容，這次沒有勉強了，「至少接下來的三次可以立刻一筆勾銷吧，靜媛說談戀愛也是還債的好方法。」

然後孟祈遠笑了，像是聽見難以置信的話一樣地笑，他伸出手捏了我的右臉頰，並不痛。

「要打勾勾嗎？」

「當然，這麼重要的事不打勾勾我怎麼相信你。」

10

愛情更加偏執，不僅僅要對方讓出空間，更重要的是，必須是對方自願並且自主地讓出空間，那本來就是很困難的一件事，但沒有辦法人就必須以這樣的前提來證實愛的存在。

於是我和孟祈遠開始談戀愛。

推著吸塵器哀怨地望著沙發上的一人一狗，男人認真地讀著文件而狗舒適地趴在他的腿上，我一定是和惡魔簽定契約才會落到這種地步。「升格」成他的女朋友之後他很乾脆的將當初簽的賣身契約撕毀，但我和他家的吸塵器相處頻率從每週一天飆升到每週三天，而且無償。

「我聽說普通人的女朋友都會這麼做。」

「我聽說你們這種人的女朋友都是貴婦。」

「基於尊重女性所以我願意配合你們那邊的習慣，不用太感動，只要把家裡打掃乾淨一點就好。」

終於完成打掃我走到客廳挑了一處離他最遠的位置，並且恰好能傳遞我兇狠的瞪視，「女朋友」的等級居然比傭人低完全無法理解，說不定這是孟祈遠的陰謀，披著戀愛的外衣找一個免費的女傭；又或者他是想消磨我的愛情讓我轉身離開。

「掃完了？」

「孟先生要檢查嗎？」

「不用了。」他放小幽靈下去跑，哀怨地看著這一幕，我才剛吸完地小幽靈跑一跑又掉毛，這根本是變相虐待我，「給妳獎勵嗎？」

「LV 包包嗎？」

「比那更貴一點。」

「閃亮亮的鑽石嗎？」

「還要再貴一點。」

孟祈遠走到我面前彎身向前，又想騙我，瞇起眼看著過近的他的雙眼，那之中有我，只有我，突然間我感到一陣恍惚，我並非不明白孟祈遠的心思，在他的世界中「保護自己」是優先於任何條例的最高準則；然而愛情裡的前進後退沒辦法輕易決定，理智和情感往往相互衝突，他以無比堅定的態度選擇愛情裡的路徑，但是我不是那樣的人，我容易動搖也傾向於設想愉快的結局。

也許從本質上我和孟祈遠就是不同的，卻由於這份迥異讓兩個人走到彼此面前，面對面相互凝望著，而現在是我伸手抓住了他。

孟祈遠的唇輕輕貼上我的，眨了眨眼過了幾秒鐘我才意識到這不是想像，拉開身體他帶著戲謔的笑看著我，伸出手捏了捏我的右臉頰，輕輕地像是一種寵溺。

彷彿被捲入漩渦，沉溺於他的雙眼之中，**現在不逃就來不及了喔**，耳畔響起這樣的聲響雙腳卻如同生根一般膠著於原地，逃向一個沒有他的世界嗎？不、屬於我的世界裡起初就沒有他的存在，打從一開始就是我跨過來而不是他，但是沒有辦法離開，只要想著他就在那邊就會湧生極大的渴望試圖趨近。

縱使明白粼粼湛藍之下存在著足以吞噬人心的巨大漩渦，卻還是不由自主的輕嘆，灑著日光的海、太過美麗。

「開心到恍神了嗎？」

「這、這哪有比閃亮亮的鑽石還貴。」

「但我打賭妳比較喜歡這個。」孟祈遠揚起攝人心神的微笑，我的身體開始發燙，好像太危險了一點。「如果再用那種眼神看我的話，那就糟糕了呢。」

真是撩撥人心。

孟祈遠很少主動走到我面前，但一走到我面前必然會採取什麼行動，長頸鹿女說的，「我們這類人不喜歡浪費力氣」，但走到一個人身邊即使什麼都不做也會感到幸福，**那份趨近本身就是目的**，這種話卻說不出來。

「孟祈遠，你喜歡我對吧？」

「妳會跟不喜歡的人談戀愛嗎？」

「那你為什麼會、會喜歡我？」

「開始了嗎？」瞄了我一眼視線又轉回手邊的資料，「聽說普通人裡的女人都會追問這個問題，但我沒有準備妳要的答案，不過既然身為妳的男朋友，妳可以去小說裡抄幾句話，我會背下來說給妳聽。」

「討厭鬼。哼。小幽靈我們不要跟他好。」小幽靈朝著我揚了揚鼻子，卻沒有回應我的招手又舒服地賴回他的腿上，果然是近墨者黑，孟祈遠威力強大到連狗都被汙染了，「說實話就好了啊，反正你嘴巴一向很壞。」

「因為奇怪。」

奇怪？「你說的奇怪是指我嗎？」

「沒辦法理解妳的思維。明明是妳朋友闖禍妳卻認命的扛下責任，又不是簽了名的保證人有法律效力，所以一開始覺得妳根本是濫好人。在我生活的世界裡每個人都以自己的利益考量為優先，所以看著妳一方面感到礙眼另一方面又想知道妳會做到什麼程度，大概是玩上癮了，開始覺得有趣。有趣跟喜歡應該差不多吧。」

才不一樣。孟祈遠根本就把我當作寵物。

「喜歡是心跳會加快、呼吸有點急促，想要靠近那個人……」

「只要看到順眼的美女大多數的男人都會產生以上的反應，雖然妳不是美女但至少看得順眼。」

「你就不能恭維我嗎？普通人裡的男人都會這麼對女朋友。」

「但我不是普通人裡的男人。」

我又輸了。踢了踢腳故意哼了一聲，男人和狗都沒有理會我，真是鬱悶。

安靜地凝望著孟祈遠，與其說是戀愛事實上更近似於「我喜歡他而他並不後退」，心血來潮時會走近幾步但終究會退回起初的位置。大概我和他所定義的愛情並不一樣。就像每個人對於兩個人之間的距離的拿捏標準，有些人排隊時喜歡貼著前一個人但有些人卻希望與前後兩者隔著一個跨步的距離，我習慣的愛情需要更加靠近一點，卻沒有辦法，愛情沒辦法只滿足一個人的需求因而必須妥協。

「我要回家了。」

「嗯。」

「你對你的女朋友們都這麼冷淡嗎？」

「嗯。」我抱起小幽靈時他抬頭看向我，隱約之中透露一種嘲諷，斂下眼我說服自己忽略，「期望自己能得到不同待遇而成為特別的人嗎？」

忍耐。拚命的告訴自己，扯開微笑說完再見轉身離開就好。但沒有辦法，我扮演不來苦情的小女人，尤其在愛情裡。

「每個女人都這麼期望。不只希望成為對方感到特別的人，更希望成為他生命中『最特別』的那個人，所以我不會否認。」以沉默的雙眼凝望著他，聲音卻流暢的滑出喉嚨，「希望什麼或者不希望什麼屬於我個人的範圍，我不會要求你，無論多麼想要我都不會要求，因為一開始你已經說了不會給，所以不能以一般的模式來思考你。甚至我連你定義的愛情也還不理解，但有什麼辦法呢，我就是喜歡上你了。想過要逃跑、忽視或者將自己的愛情填進另一個人，但我不是那樣的人，雖然不是會積極爭取的人但也不會輕易放棄，所有必須放棄的理由我都仔細思考過了但還是沒辦法放棄，那就沒有辦法了。」

「既然沒有辦法那麼就放任自己待在你身邊，以那麼近的距離凝望著你總有一天我會找到答案的，所以你就以你舒適的方式進行吧，雖然為了讓自己的肢體能夠更柔軟的伸展時常我們會逼迫對方讓出空間，無論是親情或者友情，例如想看綜藝節目時卻必須讓出電視讓爸爸看新聞，但是愛情更加偏執，不僅僅要對方讓出空間，更重要的是，必須是對方自願並且自主地讓出空間，那本來就是很困難的一件事，但沒有辦法人就必須以這樣的前提來證實愛的存在，**所有感情中最容易動搖的就是愛情，因而不得不以更加嚴苛的方式來檢驗。**

「總之我想說的只是，一般女人所期望的我也都會期望，但我不會向你要求什麼，無論是距離或者是、愛，我們之間的前提我已經牢牢記住了，而且會反覆念著絕對不會忘記。」

他安靜地聽我說完長長的話，在緩緩的三個呼吸之後我準備轉身之際他沒有太多起伏的聲音流洩而出。身旁的空氣被強烈震動，語調的本身相當平板但字句的內容卻猛烈翻攪著空氣。

「我習慣以物質填補女人所要的愛，這是我感到舒適的愛情，但是妳並不要這些，或者是對妳而言這些物質不能代替愛，可是妳仍舊需要，所以妳必須忍受的程度更加強烈，但就算知道我也不會因此就給妳更多的愛。如果到了不能忍耐的地步，就乾脆的離開千萬不要回頭張望。」他說，平板的語調裡卻帶著無比的寒冷，「就算回頭我也不會給妳溫暖的微笑。」

沒有說再見也沒有說晚安，我以盡可能不發出聲響的方式踩著地板，不是為了營造沉默而是害怕任何一個單音都可能震裂我勉強保持的冷靜。闔上門的瞬間，喀的一聲刺耳的金屬音如利刃一般狠狠劃破我用以包覆自身的膜。靠著冰冷的牆我耗盡氣力建築而起的冷靜應聲瓦解。

溫熱的淚水彷彿失重一般滑落，無論做好多少心理準備疼痛依舊是疼痛，隔著一道堅固的牆，我和孟祈遠之間不管是物理性或者情感性都隔著一道厚重的牆，貼著牆試圖聽見聲音卻必須忍耐強烈的冰冷，但等到耳朵都麻掉了還是聽不見聲音，卻無能為力。

就算回頭我也不會給妳溫暖的微笑。

想起這句話混著淚我卻笑了，孟祈遠大概不會明白，縱使明白回頭只會讓自己更痛卻還是，想讓對方在自己的記憶中多留下一個畫面。就算只剩下冰冷卻還是你。

所以，沒有辦法不望向你。

□

混亂。

想起孟祈遠的時候總是這樣。

我似乎高估了自己的意志力，我感覺自己正一公分一公分的下沉，關於孟祈遠的一切都成為向下的拉力，也許抽身離開是比較明智的選擇，但卻沒有辦法。

人終究是貪婪的，縱使起初信誓旦旦的說著絕對不會奢求、即使得不到也無所謂，然而就近在咫尺的，不自不覺就想伸手碰觸；他的話語一個字一個字撞擊著我的意識，展示櫃裡的愛情不能給妳，所以他送了一幅掛在會場的愛情臨摹畫給我，但防彈玻璃裡的愛情正閃耀著光芒，抓著畫的手微微下陷，想要，一抹貪婪就從這裡竄了出來，貼附上肌膚幾不可見卻強烈的感受到，被貪婪的膜包覆的我，僅僅是不經意的他的目光，都會讓那層膜劇烈收縮而引發痛楚。

但是我卻連那份痛楚都貪戀。

嘆了一口氣都已經快三十歲了還掉進這種勞心勞力又不會有收穫的愛情，連我都想痛罵自己。就算這樣也還是自虐得不想抽身，真是自虐，受傷就受傷吧，每次經歷強烈的掙扎結論也還是這句話。

「拉不拉多很貴耶，妳去偷來的嗎？」

「孟祈遠的。」

「偷五號的狗，妳什麼時候膽子那麼大？」

和孟祈遠談戀愛的事還沒告訴靜媛，前陣子因為小幽靈而刻意不讓她到家裡，但總不能永遠不讓她來。喝了一大口甜膩的柳橙汁，關於孟祈遠與我的交集我總是刻意不提及，也許是想掩蓋掉某部分的他，減低他的影響力，只是越努力逃避越強調他的重要。

正準備說出口聲音卻又哽在喉嚨，交往和談戀愛兩者之間有微妙的差異，一般人不會在意但我還是仔細撿擇了後者。

「我和孟祈遠正在、正在談戀愛。」

「什麼？」靜媛稍微用力了一些，在她懷中的小幽靈抗議的嗚嗚，抱過小幽靈我輕輕的點頭，「為了還債做到這種地步嗎？不過能追到五號以後也可以拿來炫耀……不對、妳確定是『談戀愛』不是『賣身』嗎？」

「妳是真的很想被我打嗎？」

「既然是談戀愛妳為什麼一臉憂鬱？」

「大概是因為，和他談戀愛的本身除了愛之外，更重要的是希望這段愛情被終結。」哀怨地嘆了一口氣，抱著雙腳縮在沙發上，「我知道這很荒謬，但孟祈遠大概是這麼覺得，我自己的心思也亂七八糟根本不知道自己想幹嘛。想要逃跑卻又走向他，說服自己只是戀愛沒有關係，談了戀愛又希望能得到更堅固的愛，可是明明知道得不到，所以又想逃跑，但又逃不了，接著又對自己說，受傷也無所謂反正愛情總會讓人受傷，一開始就知道會受傷的愛情反而更加安全，因為會特別仔細的保護自己。

「可是我又不是會小心翼翼保護自己的類型，然後就亂七八糟，有時候忍耐不住就會想再往他走近幾步，然後他就往後退相同的距離，這就是一開始說好的距離，理智上很明白非常的明白，明白到不能再明白的程度，但還是很難受，然後就會生氣，有時候會對他生氣，但生氣的同時卻又一直告訴自己根本沒有生氣的資格，最後就糊成一片亂七八糟我的腦袋被胡亂攪拌，這樣下去說不定我會精神分裂……」

突然我中止所有話語，好像說得太多了一點。拿起玻璃杯我開始裝傻。

「張伶悠妳完蛋了。」

「什麼完蛋？」

「明天就去跟五號分手！」

「為、為什麼？」

「妳還想裝死嗎？妳以為自己是青春期小女生可以什麼都失去也無所謂嗎？所謂的女人，是經過歲月磨損與再修補所建構而成的完整結構體，抵禦攻擊的能力提升、相對女孩而言堅固很多，但優點同時是缺點，一旦被毀壞就必須用大量的材料重新建造，而且因為結構複雜所以難以修補甚至可能沒辦法修復。」靜媛一提起愛情就會格外地精闢同時具有攻擊性，例如現在她太過激動所以用力握著我兩手手臂，「女孩就像木屋，不那麼堅固但損毀很容易修補，想拆掉重蓋也很簡單，但女人就像用鋼筋水泥蓋成的屋子，不好破壞但萬一被打壞想修補是相當麻煩的一件事。所以妳要認清事實，想要天真爛漫就找一個安全一點的人，例如很平凡的大叔或是跟妳差不多的上班族，當愛情的另一方越特別，帶來的傷害也會更加『特別』，然後因為特別，就會一輩子找不到適當材料修補，就會，永、遠、都、存、在、著、傷。」

「妳大學有修建築學嗎？」

「張伶悠！」

「妳說的這些我都知道嘛。」盯著自己的手指，巨細靡遺地觀察著，「但愛情就像地震，它想來我們又能怎麼辦？」

「首先，把狗還給他。再來，切斷和他的所有聯絡。最後，找一個人開始新的戀愛。」

「不管怎麼說，這需要、一點點時間。」咬著唇我稍稍扯開嘴角，「對吧？」

11

已經是一場夢了。

一場美麗卻哀傷的夢。

用力閉著雙眼忍耐著想凝望他的渴望，眼淚安靜卻劇烈的流著，緊緊握住他的手那樣的溫度想好好記憶住。

然後我跟孟祈遠的戀愛又持續了一個月。

隔壁座位渴望一夜情的大姐居然宣布她脫離單身，那天我和靜媛都吃不下午餐，只能喝著飲料無言以對。我不再提起孟祈遠而靜媛也未曾過問，像是一種拖延，我只是想延長能夠合理的待在他身邊的時間，縱使明白這樣下去會更難抽身卻如上癮一般無以戒斷。

有一種人，即使我們明白永遠得不他的愛也還是想要愛他；有一種愛情，即使我們明白最後只會受傷也還是想要擁有。那一種人與那一種愛情，往往是我們生命之中最難以戒斷的，毒藥。

然而究竟愛情是毒或是孟祈遠是毒漸漸地我也分不清楚了。

我和孟祈遠以一種相安無事的方式談著戀愛，或許也不是，至少我從離他最遠的沙發移到了他身邊的位置，中間還是隔著小幽靈。

但我的心卻越來越貪婪。

也許已經到了臨界，即將擠破圍籬，就算不能得到也還是想得到，現在的我必須以更大的力氣壓抑自己，凝望著孟祈遠的同時拚命地忍耐，無法傳遞到另一方的愛相當沉重，但除了忍耐也別無他法。

走在路上我失神地盯著自己的腳尖，沿著這條路走就能通往他。桃花眼男和長頸鹿女大概已經到了孟祈遠家，聽見我和他開始談戀愛那兩人都沒有特別訝異的表情，比想像中無趣，長頸鹿女這麼對我說。

「要怎麼樣妳才會覺得有趣呢？」

「不知道。妳也不是會大吵大鬧喊著『給我你的愛』的類型，反正順著祈遠的女人我都覺得無趣。」

「我很拚命的忍耐呢。」我的視線從長頸鹿女移開，刻意以輕快的口吻說著，「說不定有一天真的會鬧得天翻地覆。」

「如果能讓祈遠有一點動搖，也算是值得。」

「因為事不關己妳才能說得那麼輕鬆。」

「你們談戀愛關我什麼事？」長頸鹿女勾起十分美麗的微笑，眼角微微上揚，這似乎是我看過她最開心的表情，「不過，只要是孟祈遠的女朋友我都討厭。」

彎過轉角之後孟祈遠住的大樓終於映入視野，停下腳步我開始深呼吸，緩而長的深呼吸，起初是在門口，接著必須從大樓入口就開始，現在則必須從這裡就開始深呼吸，一路都保持著這種頻率，才能在開門看見他的瞬間揚起平靜而不動搖的微笑。

正要將右腳往前踏，腳還懸空沒碰觸到地面突然感覺有什麼東西從身後猛烈撞擊而上，第一時間並沒有什麼感覺，身體被拋出的過程中腦袋一片空白，接著是柔軟物體摔在堅硬地面的聲響，撕裂般的疼痛席捲而來，淚水像被打開開關一樣地流著。有一個人跑到我身邊，不知道是誰但能確定是陌生人，妳還好嗎，想回答卻沒有力氣，然後我閉上眼，在黑暗之前我想起沒辦法到達孟祈遠這件事。

□

先聞到濃到讓人難受的藥水味我才勉強張開眼睛，花了一段時間適應白色光線，移動視線看見的是白色天花板白色牆壁還有白色衣服的女人。是護士。

車禍。因為身邊沒有任何人所以我自己整理出這件事，一旁的包包發出熟悉的旋律，我沒辦法伸手把手機拿出來，我想是孟祈遠打的，因為約好要和長頸鹿女和桃花眼男吃晚餐，但是我現在沒辦法聽見他的聲音，很想聽見但沒辦法，以現在這種狀況沒辦法忍耐下去。

後來護士告訴我肇事者跑走了，路人替我報了警，晚一點會有警察過來，有需要聯絡家人或是朋友嗎?我搖搖頭但手機又響了起來，裝作沒聽見但護士替我拿出手機，右手只有擦傷所以不能假裝動不了。

「我突然有點事今天沒辦法過去，因為太突然所以現在才能接電話，對不起。」

「是嗎？」

「嗯。」

孟祈遠掛斷電話，握著手機我用力咬著下唇，眼淚又滑了下來，明明希望他能夠到自己身邊就算只是一句安慰，只是現在的我，也許連一句安慰都會讓自己徹底崩盤。

我動了動雙手和雙腳，很痛但幾乎都是外傷，輕微腦震盪，盤旋不去的作嘔感，似乎是車速不快所以受的傷沒有很重，但傷口還是要小心感染，保持乾燥盡量穿著寬鬆的衣物。妳可以回去了。護士這麼對我說。於是我緩慢地爬下床，止痛藥的效果有限但還可以忍耐，以龜速往病房門口走去，一步、兩步、三步，因為太慢甚至不像在移動，花了一段時間終於踏出那間房間。

然後我看見倚著牆的孟祈遠。他轉過頭安靜地凝望著我。

為什麼你會在這裡？我沒有問出口但他卻回答我了。以完全不像平常的他的方式太過仔細地回答我。

「妳醒之前護士替妳接了電話，到了病房門口看見妳剛醒所以又打了電話給妳，打了很多通，最後妳接起來什麼都沒說，所以我想，妳大概不想見我，但是沒辦法留妳一個人在這裡。」

這是我今天第三次流下淚水，但這次不是因為疼痛而是因為孟祈遠。

該怎麼辦呢，面對他這樣的溫柔，一點也不留地竄進我胸口裂開的縫跑進體腔，如同尼古丁的作用，讓人體驗到微小的飄忽，逐漸地身體渴求比起先更大的量，沒那麼多沒辦法滿足，慾望慢慢地拉升，最後終於逼近臨界。

他所給的喜歡已經無法安撫我體內強烈的渴求，不能給我一點愛嗎？有好幾次差點這麼說出口，但是咬著唇一點聲音也發不出來。

「好像，沒辦法再忍耐下去了呢。」

孟祈遠沒有說話，走近我乾脆的將我橫抱而起，充滿藥味的長廊但我卻只嗅聞到屬於他的氣味，到底要花多長的時間和多大的力氣才能忘記這個味道呢？輕輕靠在他的肩上我的眼淚默默地流著，一直期盼他的靠近，然而真正得到之後卻同時帶來我始終逃避的事實，待在他的身邊終究我會被體內強大的貪婪擊潰，不只想要待在他身邊，不只要他的喜歡，還想要他的愛。愛。

想要的是一開始他就說不會給的愛。

「不問我痛不痛嗎？」

「我知道妳很痛。」

「就算知道還是要問，這是普通人的規則。」

「痛嗎？」

「很痛。全身上下不管什麼地方都很痛。」

「我知道。」

但是最痛的是以胸口作為中心所延伸的範圍喔。不在外部而是深層的內部，很深很深的地方，幾乎透不進陽光的地方，那個地方很痛，非常的痛，但因為太深而不知道該怎麼治療，所以只能努力地忍耐著。忍耐。像這種你在身邊的時候痛楚會升到某一個高點呢，但是那種痛也是會上癮的，一邊壓著胸口咬著牙忍耐著，一邊卻又不希望你遠離。這種狀況最近越來越頻繁也越來越嚴重，所以突來的外傷說不定只是為了讓我稍微將注意力從內部的痛轉移到外部的痛，雖然只有一點但這也是上天的溫柔。

「那你知道我很愛你嗎？」

「我知道。」

「孟祈遠。」

「嗯。」

「你真的，不能愛我嗎？」

喜歡，終究是不夠的。

□

走出醫院門口我的餘光看見孟祈遠的車，但他卻以步行走出醫院，這裡離我家要走上二十分鐘喔，想要輕快的說卻沒有辦法，孟祈遠在那個問號之後給了我一段漫長的沉默，沒有聲音卻是一種回答。

我們都想成為對方最特別的那個人，期盼著他會為自己打破自己的規則甚至世界，然而往往我們都不是那個特別的人。

眼淚風乾之後拉扯著肌膚，他安靜的走著，我猜想這段路程的終點也許就是我和他之間的結束，前方沒有暗自盼望的美好結局，而是一開始就設定好的結果。我並不想倒數我的愛情，而是希望以一種日常的呼吸走過這段路途，避免著劇烈的起伏，也許只要這樣往後就不會太過頻繁的想起，縱使想起也不會太過疼痛。

於是我開始像日常一般的說話。

「那天小幽靈把放在房間的面紙咬得到處都是，打開門的時候看見的是一片白色，因為太過訝異所以一時間忘記生氣，等到記起這時候應該生氣小幽靈已經在我懷裡撒嬌了，最後只好把所有面紙都放進櫃子裡，沒辦法小幽靈已經看穿我的弱點了。雖然你老是說小幽靈長得像我，但牠的個性卻跟你一模一樣。」

「就算是狗，也懂得要跟誰學。」
「好的不學都學壞的。」
「妳把牠寵壞了。」
「以後不會了。」
大概，也已經沒有以後了。
儘管他的步伐放得相當慢終點卻還是到了，一階一階踏上階梯，上下之間傳遞而來的震動讓我的心也一起鼓譟，咬著唇微微地喘息，然後聽著他的心跳。他開了門將我放到玄關伸手脫下我的鞋，這不在我的想像之中，他不該這麼溫柔；他再度將我抱起筆直地走進房間，我聽見小幽靈的撒嬌卻沒辦法回應，輕輕將我放在床上我的視線對上他的目光，他鬆手的瞬間我緊緊抓住他的手。
不要走。
體內的聲音猛烈到快要爆炸，卻不能改變什麼，我已經破壞了彼此之間微妙的平衡，我違反規定試圖越界所以被判出局。

「孟祈遠。」

「嗯。」

「你可以等到我睡著再離開嗎?這樣,醒來之後我就能告訴自己,你只是,我做的一場,漫長的夢。」

「睡吧。」

「孟祈遠。」

「嗯。」

「襯衫不是我撕破的。」

「我知道。」

「可是為什麼愛上你的人是我?」孟祈遠沒有回應,他的手卻稍稍的施力,隱微的、不仔細注意就不會發現的改變,但我總是太過仔細的注意著他,所以這樣微微的震動在我體內掀起一陣大浪。「但是我沒有後悔愛上你,也沒有後悔交出自己的愛情,可是已經沒有辦法了,我身體裡面的愛情已經超過忍耐力能夠負荷的程度了,可能要很長一段時間才能慢慢消化這些愛情,但是那時候你就已經是一場夢了。」

一場美麗卻哀傷的夢。

用力閉著雙眼忍耐著想凝望他的渴望，眼淚安靜卻劇烈的流著，緊緊握住他的手那樣的溫度想好好記憶住。

「等到，我讓自己回到起點之後，我可以去找小幽靈玩嗎？」

「嗯。」

「孟祈遠。」我輕輕地唸著。孟。祈。遠。「有沒有那麼一瞬間，即使只是一閃而過的瞬間，你曾經，想過要愛我？」

漫長的，太過漫長的，空白。

終究還是太過奢求了，這樣的問題本身就是一種逼迫。有或沒有都艱難。

但他卻回答了。或許這就是他的溫柔。

孟祈遠的聲音有些低啞，我必須更加用力咬著唇才能不哭出聲，害怕萬一哭出聲音而聽不見他的回答，所以我拚命的、拚命的忍耐。

最後我好不容易才能鬆開握住他的手，別過頭埋進棉被中劇烈地哭泣，身側的微微陷落是他，卻不能去想他，無聲卻幾乎掏空自己一樣的哭泣，終於他站起身，短暫的沉默之後我聽見他的腳步聲，那是一種遠離。

彷彿來自遙遠的國度，傳來小幽靈嗚嗚的叫聲，隱約而不輕的腳步聲，門開了，門又關了。相當輕卻還是聽見那明顯的聲響。

我終於明白那道聲響。

原來，那是愛情離去的聲音。

「有。」

「不只一個瞬間。」他說，「但是我不想讓妳受更多的傷。」

12

這一秒鐘寂寞卻從體腔內部膨脹緊緊擠壓著內壁，於是由內而外的巨大壓力以及由外而內的巨大重量逐漸將我壓縮，儘管還是立體的存在但我感覺自己只剩下一層薄薄並且不堅固的殼，裡面填塞了過多的思念與寂寞，徘徊在爆裂的邊緣。

儘管這是一開始的樣貌，但少了小幽靈的房間顯得太過空蕩，而那些缺口被寂寞佔據，剩下的自己彷彿融進那些寂寞，有一點陌生，有一點恍惚，還有一點疼痛。

鑰匙被留在冰冷的桌面上，曾經短暫屬於孟祈遠的，收起鑰匙收起小幽靈的所有物，總有一天我也會把身體裡留有的孟祈遠全部清空。

因為車禍的緣故請了一天假，紅腫的雙眼就算不處置也無所謂，沒有食慾但喉嚨非常乾渴，喝下大量的水將全身的重量倚在沙發上，望著不確切的某一點，數著呼吸。

靜媛打來的第二通電話讓我看了一眼掛鐘，三點二十九分，眨眼之後跳到三點三十分，下班之後靜媛就會過來，於是我沖了澡確認雙眼差不多已經恢復，喝了一點牛奶，吞下醫生開的藥粒，雖然早上少吃一包但我想沒有關係，也沒辦法彌補性的全部吞下。

生命中有許多錯過了就無法彌補的事，既然沒辦法彌補也就只好繼續往前走。

躺在沙發上睡了一陣子，昨夜幾乎沒有睡，接到靜媛的電話之後爬起身，儘管有門鈴但她總是喜歡撥打電話，我不喜歡門鈴的聲音不管哪一種都不喜歡，所以靜媛住處的門鈴被她貼上了膠帶。

「妳還好嗎？」

「嗯。只是擦傷，還有輕微腦震盪，但醫生說不會變笨。」靜媛把買來的晚餐放在桌上，看了我幾秒鐘最後確認我沒有謊報才坐下，走到廚房倒了一杯水給她，玻璃杯底部接觸到桌面的瞬間我若無其事的開口，「我跟孟祈遠分手了。」

「所以不是車禍是自殺未遂嗎？」

「無論多麼愛他我也不會去自殺。」明白靜媛只是想逗我笑，所以我輕輕扯開嘴角，「殺了他還比較有可能。」

「伶悠……」

「嗯？」

「妳是真的，很愛他吧。」

「大概吧，我也不知道愛一個人的標準在哪裡，不過跟我過去談的戀愛相比，或許可以排在前面吧。」

「我請妳喝酒？」

「吃藥不能喝酒，折現吧。」

「不可能。」靜媛輕輕抱著我，傷口微微發疼但我不想推開她，「為什麼妳失戀可是我好想哭？」

結果等到我把晚餐吃完靜媛的眼淚還在掉，抱著整包面紙抽泣著，妳為什麼不哭，期間還用著帶有濃濃鼻音的聲音問我。**我的身體裡面已經沒有水分了。**語焉不詳的回答，但為了孟祈遠所掉的眼淚我不希望讓任何人看見，並不是為了得到安慰才流的淚水，純粹只是體內的感情必須被釋放，假使因為落淚而被哪個人安慰，無論多麼溫暖的安撫都會成為沉重的負荷。

某些時候接受別人的安慰也需要一定的承受力，現在的我還不具備這些。好不容易讓靜媛打消留宿的念頭，關上門的瞬間又剩下我一個人，我記得不久之前並不是這種感受，但是這一秒鐘寂寞卻從體腔內部膨脹緊緊擠壓著內壁，於是由內而外的巨大壓力以及由外而內的巨大重量逐漸將我壓縮，儘管還是立體的存在但我感覺自己只剩下一層薄薄並且不堅固的殼，不是所謂的空殼子，相反的裡面填塞了過多的思念與寂寞，徘徊在爆裂的邊緣。

不得不放緩呼吸，小心翼翼的行走。

我明白自己會慢慢恢復，一定會慢慢恢復，我扮演不了惦記一個人五年十年的角色，等到適應了身體裡的傷，縱使癒合的速度緩慢但只要不擴張就好。

等到、有一天終於能夠忘了他的溫度，我就能夠回到原點了。

13

只要說出口，只要若無其事的說出口，就能暫時將這一切當作過去。過去我很愛你喔。就算這樣說也沒有關係，因為已經是過去的事情了。所以不要露出破綻就好。

分與秒流逝的速度比想像來得快，雖然在辦公室總是度日如年，但一眨眼又翻過一張月曆，生活沒有特別的改變，本來孟祈遠就不在我的生活裡，曾經經歷的一切開始顯得遙遠，回憶的聲音像隔著水，雖然傳來震動卻聽不確切。

「這幾天經理都待在辦公室，就算沒事做也要裝忙，累死人了。」

「已經第三天了明天應該就解脫了。」

瞄了似乎打算加班的主任我和靜媛以不引人注目的方式收著東西，算準時間以「我只是要去洗手間」的姿態走向打卡機，踏出公司的瞬間靜媛克制不住大笑了起來，西裝筆挺的男人望了我們一眼，我照例低下頭遮住自己的臉。

「晚餐吃什麼好……呢……」

靜媛的聲音斷斷續續又帶有遲疑，抬起頭看向她：「怎麼了嗎？」

「我們走另一條路，每天都走那一邊總要換一下心情。」邊說她邊拉著我走，納悶地回頭我的心臟急遽收縮，他就站在我視線能夠到達的前方，長頸鹿女站在他的右邊，「快走啦，我肚子好餓，餓到快昏倒了。」

長頸鹿女的目光對上我的，孟祈遠往另一邊走去我對著她搖了搖頭，但我並不在長頸鹿女會考慮感受的名單之中，這時候讓孟祈遠發現我的存在會很有趣，彷彿能夠精準的解讀她的心思，然後在她的唇緩慢地開合之後孟祈遠的視線投注在我的身上。

以強大的力量迫使靜媛停下腳步，我想她立刻就發現我和孟祈遠相互遙望的現狀了，我一直以為不要緊，真的，我並沒有頻繁的想起他，所以我一直相信自己適應得很好；然而看見他身影的瞬間，僅僅一眼之間，我終於明白，我的不想起是因為太過思念。

「伶悠……」靜媛又拉了拉我，差一點我就要往他的方向走去，差那麼一點，靜媛緊緊扣住我的手，「不要過去。轉身離開當作什麼都沒看見就好，過去又能做什麼，近到能看清對方不愛妳嗎？或是想仔細看看旁邊站的女人是誰嗎？走吧，伶悠，妳說過他不是我們世界的人，他身邊的那種女人才是跟他一國的。」

我知道。

然而靜媛不會明白，真正刺痛我的不是看見他不愛我，而是看見他微微的動搖，縱使彼此都觸碰到動搖所引起的震動卻依然改變不了現狀。他沒有縮減距離的打算。

那種必須冒著失去自己的風險的愛情絕對不能碰。長頸鹿女曾經這麼說。當然也會受到強烈的吸引但我們這類人的意志力也格外堅強。

啊、就算愛著某個人愛到快要發瘋，但不得不取捨愛情與江山的時候，也絕對不會猶豫。會痛、會受傷、會掙扎，但不會猶豫。這世界上沒有太多溫莎公爵，所以千萬不要抱持太多期待，最好是一點期待都不要有。

「我不會過去。」不會。

但長頸鹿女走了過來。

「好久不見。」靜媛以充滿敵意的姿態看著她，長頸鹿女絲毫不以為意，「要一起吃飯嗎？妳很喜歡免費的晚餐吧。」

「就算妳給我們錢我們也不會去，伶悠跟孟祈遠已經沒有關係了，一點關係也沒有了。」

雖然是護著我但靜媛的話語卻狠狠刺進我胸口，我對長頸鹿女搖了搖頭，現在的我還沒有辦法面對孟祈遠，無論是什麼表情，冷淡溫柔憤怒嘲諷或者只是安靜的凝望，因為他是孟祈遠，單單是這個事實就讓人無法承受。

我愛他。比自己所能承受的還要愛他。

「既然已經動搖了，為什麼不一鼓作氣得到他呢？」我咬著唇拒絕接受她的話語，但長頸鹿女卻沒有停下的打算，「趁搖晃還沒停止的時候快點下手，等到他替傾斜的塔加上固定的鋼架之後就再也推不動了呢，同樣的錯不會犯第二次，雖然愛情不能算是犯錯，但也算一種失誤。已經花費那麼多力氣，現在就放棄等於所有投資都化為泡影，就算是你們這種人也能輕易計算出哪一邊獲利的可能比較高吧。」

「……為什麼？」

「就說了，因為有趣。」

我還是沒辦法平靜的和孟祈遠坐在同一張餐桌上，安靜地向長頸鹿女說了謝謝之後和靜媛一起轉身離開，孟祈遠始終站在原地，沒有後退也沒有靠近，一如既往這就是他；跨步向前的是我，那麼也該由我拉開這段距離。

然而我的心卻因為長頸鹿女的話語猛烈地動搖。

□

換了衣服到附近的公園跑步，為了把那些聲音那些語句甩出身體，夜晚的風透著沁涼還有一種無法形容的味道，味道，我想起孟祈遠身上淡淡的香味。加快了速度，反覆在公園繞著圈，疲累感逐漸侵襲我的肌肉，四肢開始有些僵硬，我沒有停下腳步，思考沒有隨著身體的疲累而顯得渙散，反而更加劇烈的運作，那些畫面那些聲音那些氣味通通混進風中竄進我的體腔，那些想遺忘想忽略想彌封的通通爆裂開來，終於我無法繼續奔跑。

跪在路邊拚命地喘氣，遛狗的人從身邊經過，喘息的時候吸進屬於狗的味道，我的眼淚流了下來，滴在地上形成深色的水漬，汗水也滴了下來但我卻能輕易分辨出哪些屬於淚水。我不想就這麼放棄孟祈遠。拚命喘息拚命流汗拚命掉淚，這些我都不在乎了，見到孟祈遠那瞬間其實就已經明白了，控制不住的腳步也是，趨近他已經內化我的身體本能，單憑知覺連思考都不必就往他走去。

所謂的思考只是為了壓抑自己最深處的渴望不得不從事的活動。

我不想放棄孟祈遠。

縱使到最後一刻仍舊得不到他的愛也無所謂了，其實我比任何人都還要自私，至少想讓自己的愛在他的身上磨損殆盡，這樣就什麼也不帶走的離開。現在的我，身體裡還存有對他大量的愛情，沒辦法蒸發也沒辦法被釋放。長頸鹿女所尋找的結束也是一樣，從孟祈遠作為起點就必須以他作為終點。

要讓孟祈遠知道，普通人裡的女人是很堅強的。不會、輕易地放棄愛情。

更不想放棄你。

□

全身痠痛。

果然不應該太過熱血做些超出自己負荷的事，連翻身都像是地獄。最後我忍著不適打電話給靜媛，幫我請假我身體不舒服，靜媛沒有多問但我想她應該想起了長頸鹿女所以解讀為情傷而無法工作，語重心長的要我看開一點不要自己承擔我身邊還有她。

昨天癱躺在床上彷彿頓悟一般乾脆的把所有混亂剪斷，我愛著孟祈遠，就算他不愛我，我也還是愛他，整件事就是那麼簡單而已。那麼在他推開我之前我仍舊可以想辦法得到他的愛，不管什麼方法都好，等到他伸手推開我再後退就好。

自虐。都已經快要三十歲了為什麼還要演這種熱血追愛的劇情，也不知道這樣到底是會讓人變得年輕還是更快速的老化，嘆了一口氣，稍微移動右腳，痛，好痛，就算不動也還是痛。

這筆帳要算在孟祈遠身上。

放棄掙扎我一動也不動地躺在床上，以最小的移動讓痠痛感減到最低，盯著空白一片的天花板，這些日子以來總是難以入眠，夜裡就這麼盯望著天花板讓自己的腦袋一片空白，什麼都不要想也什麼都不要回憶，只要看著現在的風景和現在的自己就好，彷彿咒語一般反覆的唸著。

然而相同的天花板在這一瞬間卻成為放映屬於孟祈遠回憶的螢幕，他似笑非笑的表情、如曇花一般的純淨笑顏、冷淡卻溫柔的雙眼，還有他戲謔但帶有灼燙熱度的吻。愛或不愛無法隨心所欲的選擇，但要如何去愛卻只是在轉念之間，果然壓抑著愛比奮力去愛困難一千倍，走了一段艱難的路最後還是想轉回簡單的那一邊。

我只是想要愛他。

順便，試看看能不能動搖他而已。

□

「好久不見。」

扯開笑容，驚喜，雖然不知道是好的方面還是壞的方面，但我終究站在他面前了。他打開門的瞬間看到的就是我的笑容，在門外深呼吸很長一段時間，因為希望他記住的是自己笑著的表情。沒有打電話因為怕自己退縮，反正逼自己站在他面前自然就會找到方法應對，愛情不需要用太多腦袋。雖然是藉口但這一瞬間我的腦袋裡的確一片空白。

「不讓我進去嗎？」用著相當輕快的語調，丟臉或是沒有羞恥心之類的心情全部揉爛扔進垃圾桶了，反正就只有孟祈遠知道，萬一真走到盡頭再將他滅口就好。這麼想想我的笑容就更燦爛了一點。「我來看小幽靈。」

把面無表情的孟祈遠推開逕自走進他家，太過熟悉的氣味讓我感到昏眩，恍惚感突然襲上但從小狗變成中狗的小幽靈撲上來讓我拉回思緒。

「小幽靈都變中幽靈了，有沒有想我啊？」孟祈遠經過我身邊接著在沙發上坐下，像是要忽視我一般不發一語地讀起文件。「主人不倒茶給客人喝嗎？」

「不是很熟嗎？廚房。」

「真是一點也沒變，虧我那麼愛你。」

愛你。以輕快而流暢的口吻說出口，我站起身走向廚房，深深的呼吸，很好，像是玩笑一般的態度就好。讓兩個人之間先回到起點，至少要消弭掉他的抗拒，雖然習慣他的冷淡卻不是現在這種阻隔的模樣。

倒了水乾脆的灌下，再一次長長的深呼吸，轉身的瞬間卻看見孟祈遠的身影。有一秒鐘突然無法呼吸。

「嚇死人了，杯子摔破了我絕對不會賠你。」

沉默的望著我，過了一段漫長的空白，但或許只有短短的三秒鐘，我的手稍稍握緊，他的氣味太過濃烈，最後他扯開一抹淡又染著一些嘲諷的笑。印象中的他。那眼神之中有些什麼但我不想去辨認，思考過多只會困住自己而已。

「妳的神經比想像中的還要粗呢，不是說很愛我嗎？才沒幾天就拋得一乾二淨了啊。」

不是試探而是為了取得兩個人之間新的平衡，掩蓋或者藏匿都會讓彼此身上的重量變得更加沉重，只要說出口，只要若無其事的說出口，就能暫時將這一切當作過去。過去我很愛你喔。就算這樣說也沒有關係，因為已經是過去的事情了。所以不要露出破綻就好。

「我適應力很強的。」將玻璃杯倒扣在流理台一旁，「更何況我很想小幽靈啊，為了來見牠當然要努力啊。狗啊，比男人有價值一百倍呢。」

「果然這是妳的特殊癖好。」

「要你管。」

「既然來了那就順便打掃吧，反正妳也習慣了。」

「孟先生，現在的我既不欠你錢也不是你的女朋友，絕對不會幫你打掃。」

「不打掃妳下次就見不到小幽靈了，為了比男人有價值一百倍的狗，這麼一點犧牲算不了什麼吧。」

卑鄙、卑鄙、卑鄙。

就算愛上他我也忘不了他的卑鄙。

然後我就在熟悉的地方拿出熟悉的吸塵器進行熟悉的打掃，雖然不明顯但孟祈遠的心情很愉悅，和打開門瞬間的他截然不同，或許他也期待著我，這麼想著心頭就感到一股暖流，他不是不愛我，只是不願意失去自己而已。為了保全自己所以藏匿所有的愛。

那麼偷過來就好。

「妳臉上露出那麼變態的笑容，在想什麼齷齪的事嗎？」

「看你的文件幹嘛偷看我？」關起吸塵器我瞇起眼露出曖昧的笑，「還是說，我把你甩掉之後你發現自己已經深深愛上我，只是拉不下臉來告白，嗯？沒關係，不會笑你的，真的。」

「妳什麼時候甩掉我了？」

「愛情裡先離開的那個人不就是甩人的一方嗎？所以是我，甩掉，你。」我露出開心的笑容，我不斷不斷的想起和他流暢的對話，我真的很想你，真的，「小幽靈可以作證。」

「張幽靈。」

「幹嘛？」

「順便把浴室刷乾淨。」

卑鄙鬼。

14

過去我沒有給任何人我的愛，現在或者未來都不會，但不是簡單愛或不愛的問題，而是我的價值觀，我不是少不經事的男孩，無論是愛無論是哪個人或者是工作，對我而言價值觀是最重要的存在，我不會為了誰動搖它。

彷彿回到最起初的時光，坐在離他最遠的位置凝望著他，然而我們之間的距離卻被填滿了愛情，因為那份愛而不能輕舉妄動。毫不顧慮地往前走去就會毀壞好不容易建立起的平衡，孟祈遠對我的接受有著前提。

站起身我安靜地移到他右側的位置，輕輕拉著小幽靈的尾巴，我們之間橫著一隻狗，推了推小幽靈但牠絲毫不理會，孟祈遠的大腿比地板舒適多了，要是狗我也不會離開。真是令人嫉妒。

「妳在欺負小幽靈嗎？」

「不行嗎？」
「女人的愛真是反覆無常。」
「這是一種愛的表現。」凝望著他突然想起他總是用力扯著我的臉頰，不知道是什麼樣的感覺，於是我受誘惑一般伸出手，光滑細緻的皮膚溫熱中卻有些冰涼，施了一點力往外拉開，「就像這樣，疼痛也是愛情的一種體現。」
但是我忘了，孟祈遠的報復心不是普通的重。
拍下我的手他帶著相當邪惡的笑容看著我，左臉頰上留下明顯的紅暈，糟糕我好像捏太大力了一點，小幽靈似乎感受到氣流的改變果斷地跳離我和他之間，只剩下我和他。他的手輕輕撫上我的臉頰，明明知道這是他報復的前奏心臟卻還是猛烈加速，體溫迅速增高我感到一股躁熱。
湊近我的面前鼻尖隱約刷過我的，他的溫熱他的氣息以及他眼中所倒映的我，我等著臉頰傳來的痛，等著，卻在那之前我的情感擊潰理智。我一定是瘋了。雖然這麼想著我卻依然傾身向前將唇貼上他的，眼睛並沒有閉上，太過直接的對視。
一秒鐘或者一分鐘事實上我失卻了時間感，退開身體理智終於回到我身上，眨了眨眼試圖以傻笑帶過一切，但孟祈遠面無表情的盯著我看。斂下眼我死盯著自己的手指，我的意志力比我以為的還要薄弱，會被拎起來丟出門外也說不定。

「張幽靈。」

「幽靈飄走了……」低著頭我絕對不要抬頭。

「張伶悠。」

「今天來的是張幽靈……」

「妳該回家了。」

「嗯。」

低著頭抓起包包往玄關走去，至少不是被扔出去，難道女人隨著年紀增長臉上的角質層增厚所以臉皮也堅固得刀槍不入，雖然有一點羞恥但繞著思緒的卻是唇上殘留的溫度與味道。

打開門就在關上門的動作之中孟祈遠不知道什麼時候站在我面前，心跳得好快，但他的表情冰冷到可以殺死人。

「我又不是故意的……」

孟祈遠依舊不發一語，我才剛要扯開笑容門就被用力關上，一點招呼也不打。看著冰冷不用猜測就知道很貴的門，抬起腳想踢門但想到痛的是我的腳就立刻放棄，我怎麼會愛上這麼讓人火大的男人。

「你是男的我是女的，親你是看得起你，你應該感激到痛哭流涕才對，兇巴巴甩什麼門，反正門是你的甩壞最好，小氣鬼親一下又不會怎麼樣，吃虧的明明是我，換成你偷親我的話我才不會生氣咧，小氣鬼小氣鬼小氣、鬼……」毫無預警門又突然被拉開，我的抱怨瞬間氣短，瞪大雙眼絕對不能心虛千萬要筆直的看著他，接著我扯開甜甜的笑容但嘴角有點抖動，「早點睡不要太累喔，改天見……」

話還沒說完門又再度被關上，孟祈遠不只是小氣鬼還是幼稚鬼。

然而還殘留在唇上的溫度卻又擾亂我的思緒，我的意志力居然薄弱到這種程度，也或者我又更愛他了一些，無論如何至少今天明白了一件事，偷親他不過就是被趕出來而已，沒有被罵也沒有被列為拒絕往來戶，那麼、再偷偷靠近一點他應該也是能夠容忍，接著以一次零點一公分的移動距離趨近，由於速度緩慢大多數的人都無法察覺，等到孟祈遠終於意識到的那一刻，我就已經抵達他心裡了。

所以，除了靠近之外就拚命的祈禱吧，祈禱孟祈遠屬於多數人那一邊。

□

我的作戰計畫似乎方向相當正確。

從一星期出現一次到每兩天就報到，以不規律也不密集的頻率打電話給他，提的通常是小幽靈，不能太過深入的扯進感情避免他起疑，口吻必須顯得日常，一分鐘或者兩分鐘簡短的對話讓他稍微想起自己，像微風撫過湖面掀起細微水紋，那樣就好，在他心底醞釀發酵的感情速度必須慢得彷彿停滯，他會以為那些感情是起初對我的好感與喜歡，只要這樣慢慢的增加喜歡，總有一天會超出喜歡的邊界而到達愛。

在那之前就這麼一點一滴入侵他的生活，一點一滴入侵他的心。

終於孟祈遠打了電話給我。

午休時間被迫聽著隔壁大姐談論著她的男人，她的話語讓本來就不好吃的便利商店便當變得更加難吃，靜媛咬著三明治虛偽的應和，這種事我一向不擅長所以就安靜地進食。電話在這個時候響起來。

聽見鈴聲的瞬間彷彿得到救贖，終於能夠逃離「我男人真是溫柔、都要他不要那麼肉麻但他實在是太愛我了、他一天沒聽見我的聲音就會沒辦法工作……」的鬼打牆世界，靜媛怨恨地瞪著我，不好意思我接著電話，止不住笑容用唇形跟靜媛說了聲加油，輕快的移動到走廊。

準備接起前我才注意到來電姓名。孟祈遠。從「債主」改成「談戀愛的對象」最後又改回「孟祈遠」。他第一次主動打電話給我，從分手之後。

「喂？」

「下班到妳家附近的公園。」

「做什麼？」要告白嗎？

「遛狗。」

「喔。」

依然連聲招呼都不打就掛斷，但我卻不由自主的笑了出來，果然策略成功了吧。先是遛狗，再來是約會，最後就是不能沒有我的宣言了。這一切順利到不像真的，說不定是為了彌補我先前曾為孟祈遠勞心勞力又傷神，煎熬了那麼久總是會有回報的。

「妳一個人在走廊傻笑什麼？」

「妳怎麼逃出來的？」

「說我突然肚子痛。」靜媛挑起眉懷疑的看著我，「妳最近的情緒轉折不太自然，失戀的時候憂鬱得要命，那樣程度的傷心通常會持續幾個月，但妳才難過兩個多月就又神采飛揚，不是恢復正常而是神采飛揚，怎麼想都有問題。」

「我適應力很強不知道嗎？」哼了一聲避開她的視線，萬一告訴靜媛她絕對會天天綁著我不讓我靠近孟祈遠一步，「託妳的福。」

「張伶悠！」

「小心我告訴大姐妳肚子痛是裝的。」

□

一走進公園就看見孟祈遠了。

不需要刻意尋找他的存在就立刻跳進視野，或許我總是下意識的搜尋著他的身影，無論有他或者沒有他，那份想念從來不受物理性的現實阻隔，他始終都在，在我的雙眼之中。

「小幽靈。」興奮的小幽靈撲上我，接過孟祈遠手中的繩子，「我們去散步吧，你越來越胖了，再這樣下去我就抱不動你了。」

我和孟祈遠安靜地走著，傍晚運動的人很多，我想在他們的眼中我和孟祈遠就像是情侶，瞄了他一眼，不自覺揚起微笑，雖然自己的心貪婪得連我都感到害怕，但即使是如此簡單而靜謐的散步也能讓我感到滿足。

「天氣很好吧。」長長的呼吸之後我以輕快的口吻說，「散步是不花錢又舒服的活動，以後多……」

「妳以為我不知道妳在做什麼嗎？」

「什麼？」

「如果可以的話我希望不要，但妳愛不愛我不是我能決定的事，只是不要試圖靠近，那時候沒有接受重來一次也會是相同的結果。」步伐沒有改變，我注視著前方下意識咬著唇，「我不知道所謂普通人的價值觀，但是只要是人就不可能對自己受的傷無動於衷，一次沒關係、兩次沒關係，接著就一直重複讓自己受相同的傷嗎？」

「我承認我也必須擔起一部分的責任，一開始就不該心軟，開門看見妳的時候就應該立刻關上門，我不該給妳希望，因為那份希望不會成真。」他說，「過去我沒有給任何人我的愛，現在或者未來都不會，但不是簡單愛或不愛的問題，而是我的價值觀，我不是少不經事的男孩，無論是愛無論是哪個人或者是工作，對我而言價值觀是最重要的存在，我不會為了誰動搖它。」

「我不懂。」

「妳不需要懂。」孟祈遠的聲音顯得異常遙遠，我們就這樣往前走著、走著，彷彿要走向世界的盡頭，卻在這個念頭之後碰見了彎道，於是我們轉了彎眼前又是長長的道路，或許本來就沒有盡頭的存在，即使沒有這個人也不會被困住。「妳只需要明白，愛情不會是我人生的優先事項。」

「你說你不想給出自己的愛是因為不想失去自己對吧，我認真的計算過了，我給出愛的同時也給出了自己，那麼你已經得到了我，接著啊，如果你把自己送給我，我的就是你的啊，那麼你不僅僅沒有失去自己還得到我，你看，投資報酬率很高吧。」

「張伶悠！」

他的聲音冰冷到彷彿來自地獄，我不懂，完全不懂他所謂的價值觀跟愛情的關聯，即使明白他不願意失去自己但愛情並不一定會吞噬人心，愛情很危險但不會迎來世界末日。孟祈遠不是會愛到失去全部的人，像刺蝟一樣推開所有的愛，我不懂，真的不懂。

「孟祈遠！」停下腳步我轉向他，要比兇狠我也會，「你有你的價值觀，我也有我的價值觀。就算是我這種普通人，也沒有打算把愛情放在人生的第一位，你不是男孩難道我就是少女嗎？你以為我會為了愛情放棄生活放棄自己嗎？我不是那種人，就算愛你愛得要死要活但最重要的還是讓自己活下來。我是不懂你的價值觀，也不知道為了愛情失去自己是不是就會世界末日，但你說，失去自己確切的是什麼？為了對方改變自己、因為對方而讓自己變得不像自己，或是為了對方犧牲了屬於個人的空間或者生活？

「就算發生了那又怎麼樣，人本來就是變來變去的生物，昨天想吃蘋果可是今天卻想吃草莓，有誰規定不可以嗎？就算你昨天不打算愛誰，今天改變心意愛上某個人，這樣你的世界就會崩潰嗎？在愛上你的前一天我也不愛你啊，現在我愛你愛到千方百計想得到你的愛情我的世界難道有瓦解嗎？還是說，『你們那類人』的適應力糟到刮一點風就會生病，既然這樣就不要自詡為菁英還用鼻子看人。」

我微微的喘息目光卻定格在孟祈遠的雙眼，他面無表情的望著我，我和孟祈遠之間微妙的平衡全盤瓦解，毀壞之後才能夠重建，但我不知道，誰也不知道，所謂的重建是我和他手牽手愉快地建起城堡或是他轉身重新砌起一座更加堅固誰也不能入侵的城。

是後者。

斂下眼他轉身離去，沒有留下任何一個字，小幽靈乖順的站在我身邊，凝望著他的背影，想哭卻無法掉淚。

無論多麼努力的敲著門，但我能做的也只有敲門而已，他不願意打開我就沒有進入的可能。

15

我不是無所畏懼的女孩，愛情屬於現實的一部分，無論多麼愛也還是躊躇。眨眼的瞬間他消卻，張眼的瞬間他又存在，但是我很害怕，非常的害怕。

會不會下次睜開眼他就不在我面前？

我又失戀了。

也不能這麼說，這次我沒跟他談戀愛。

沒有哭也沒有大吵大鬧，縈繞在胸口的是濃濃無法化開的惆悵，終究還是無法跨過兩個世界之間的軌道。

他讓桃花眼男來帶走小幽靈，那天我一併把屬於小幽靈的碗以及水瓶都交給他，或許正是屋子裡還留有和孟祈遠的交集因而無法全然鬆手，說著不會盼望卻比誰都還要盼望，我總是會在裂縫裡塞進一些過於樂觀的念頭，所以鑽過縫隙我得到了一段回憶；然而我想，這次應該拿起膠帶仔細地把所有裂痕貼上。

「我沒有插手的資格，也沒有想要安慰妳，但妳還是想辦法忘掉祈遠比較好。」

「我知道。現實的狀況我很清楚的知道，只是沒辦法理解而已，就算很清楚的知道他的理由和他的想法，還是沒辦法理解。」我試圖扯開嘴角但到了一半就決定放棄，「大概就像我一輩子也不會理解那些說著青椒好吃的人。」

「大概本來就是這麼簡單的事，不是有某些宗教規定不能和其他宗教的人結婚，或是不同階級的人不能通婚，雖然能夠理解理由和文化脈絡，可是一旦套用在自己身上也很難接受；只是有些事情並不是妳一個人就能克服的，更多時候就算兩個人手牽手拚命的對抗也還是被擊敗，更何況……」桃花眼男遲疑了幾秒鐘但終究還是接續了話語，「更何況祈遠並沒有想要打破這些。或許妳很難理解，不必理解也沒有關係，或許聽起來像是替祈遠說話，但是，妳想打破的是他的價值觀，甚至是他的世界，對妳而言只是去打破這些而已，但是對他而言是整個世界的改變，說不定會因此喪失了整個體系，想要再建構也不知道從何開始。妳明白我的意思嗎？」

咬著唇我想他所指出的是「妳很自私」這件事，雖然他本意並非如此。

我並沒有想到這件事，顯而易見卻相當深層的事，一味的認為孟祈遠信奉的價值觀太過嚴苛或者毫無道理，因而耗盡力氣想動搖他的世界；然而，我也同樣以自己的價值觀去評量他的信念。

對我而言的愛情只是去愛而已，對於孟祈遠而言我所要的愛情，卻是必須敲壞他世界一隅才能走向我。立場打從一開始就不同。

我對他的愛竟或是一種蠻橫。

「可能沒有機會了，但還是想跟妳說再見。」

「嗯、再見。」我說，「還有，謝謝你。」

突然我想起來，我並沒有跟孟祈遠說再見。任何的道別都沒有。

回過神之後桃花眼男和小幽靈已經不在眼前，不在我的生活裡了。

□

寫了一封信給孟祈遠，想了很久還是這麼做了。

孟祈遠。

想了很久最後還是只能這麼喊你，大概這就是我覺得最適當的距離吧。我想了很長一段時間才決定寫信給你，雖然應該退到一個無論怎麼揮手對方都看不到的距離，不過再讓我鑽一次漏洞就好，即使隔著一片海洋信還是能寄達，那就請你當作我是從很遙遠的地方寄給你這封信，因為沒有附上地址你也沒辦法回信，所以能乾脆當作最後一次的聯繫。雖然是到很後來我才意識到自己的任性，不斷試圖毀壞你的世界，又氣憤的指責你懦弱的害怕傷害，很想跟你說對不起，對不起，但請你讓我任性最後一次就當作是替你掃那麼多地的酬勞吧。

寫那麼多其實只是在鋪陳，沒辦法直截了當的說所以不得不這樣，我已經是成熟的女人了，普通人裡的成熟女人總會繞一下彎。但如果繞來繞去可能會迷路所以從現在開始就走直路了。那天桃花眼男帶走小幽靈之後，我不記得他的名字但我想你知道是他，那天我才記起來，我沒有好好跟你說再見。第一次沒有，第二次也沒有。

很多人可以乾脆的轉身就走把一切化作灰燼繼續往前走，雖然我也能繼續前進但沒好好說再見就會留下一點什麼，燒不乾淨的東西，雖然聽起來怪怪的但還是要把你燒乾淨我才會輕鬆一點。為了讓自己感到輕鬆而帶給你困擾真的很抱歉。

我只是想好好的跟你說聲再見。道別。只是這樣而已。

請你好好照顧小幽靈，雖然知道你會，但還是想這麼對你說。不要給小幽靈太多飼料，他長太快了。

然後。再見。

再見。

□

「你……為什麼，」斂下我深深地呼吸，「為什麼會在這裡？」

沒有小幽靈沒有長頸鹿女也沒有桃花眼男，只有孟祈遠。

有一瞬間我以為自己走錯地方，恍神或者放空的時候身體容易受潛意識主導而採取內心深層渴望的動作，有好幾次我都在往自己家和往他家的交叉路轉錯方向，走了一段路才醒過來往回走。愣了幾秒鐘但左右張望之後發現這裡是我的住處，隨處可見的沒特色鐵門、日光燈映照下顯得老舊的走廊，以及我每次都希望帳單寄錯地址的門牌。

「我沒有為了妳動搖我的價值觀的打算。」面對面站著，孟祈遠的沉默留下了一段空白，彷彿為了填補那份空白，他的話語省略了所有鋪陳，「但我會試著挪出一塊地方作為例外。」

「我不懂……」

「我不能保證一定不會傷害妳，也不能肯定這樣的試圖會不會有結果，我能給的承諾有限，沒辦法應許妳想要的愛，到底能給多少我並不知道。現在，我能給的承諾只有一份嘗試。我會試著縮短兩個人之間的距離，試著接受妳的愛，也試著給出我能給的。愛。」

彷彿耗費了所有力氣才說出這段話，孟祈遠不再開口安靜地站在我的面前，隔著兩個跨步那麼遠，又可能是那麼近。凝望著他，我沒辦法立刻消化這段話，對現狀也還沒反應過來，一個月還是兩個月，想到的第一件事情是這個，那是我努力回到起初生活的長度。

接著孟祈遠在某一天我下班回家時站在門口，單單是他的出現就已經翻覆了我的思緒，咬著下唇我拚命的思考，儘管腦中有一道強烈的聲音鼓譟著，給他一個擁抱，他花了很大的努力才站在這裡而我也花了很大的努力才壓下對他的思念，那麼一個擁抱就能夠終結所有痛楚與酸澀。

但是我知道並不是這樣。

傷了一次、兩次之後，沒有人能保證不會傷第三次。

努力並不意味著美好的必然。

我不是無所畏懼的女孩，愛情屬於現實的一部分，無論多麼愛也還是躊躇。

孟祈遠。眨眼的瞬間他消卻，張眼的瞬間他又存在，但是我很害怕，非常的害怕，會不會下次睜開眼他就不在我面前？

「我已經，把屬於你的一切都化成灰燼了。」

終於我聽見自己的聲音。沒有情緒起伏不快也不慢，只是以一種平緩的方式說出口而已。

孟祈遠沒有任何言語，沉默地凝望著我，那之中不帶有任何深切的感情，看不出任何什麼，既沒有用著深情試圖給予壓迫，也沒有帶著指控讓人痛苦，以他的方式藏匿所有感情。我想起來了，這就是他的溫柔。

斂下眼他朝我走近，走近，我更用力地咬著唇，也許他一伸手我的所有堅持都會瓦解，然而在最靠近的瞬間我得到的是相互擦肩。他的氣味飄散至我的鼻尖。接著他走過，走遠。我回過頭看見的是他的背影，讀不出絲毫情緒的頎長背影。

不能過去。

張伶悠妳無論如何都不能過去。

「孟祈遠。」

嘆了一口氣，我的意志力從來就不堅定，但是我沒有過去，真的，只是忍不住喊住了他。

他停下腳步卻沒有回頭。我不要過去，至少這一點要堅持住。

「一點誠意都沒有。」盯著他的背影突然發現自己雖然害怕受傷，但最恐懼的卻是他的離去，「再怎麼說我也被你拒絕了兩次，你不過就是來我家門口說了幾句話，就想一筆勾銷嗎？」

緩慢地他轉過身，「我們之間是對等的嗎？」

「跟人告白姿態還擺那麼高你一定會遭天譴。」

「不是會被拒絕，而是會遭天譴，是嗎？」

「你的重點摘要能力有問題嗎？」我的臉似乎有些發燙，看著站在遙遠前方的男人反正離這麼遠他看不見，要靠氣勢取勝，人家說交往的瞬間高低落差決定了往後兩個人的優勢與劣勢，「想追求女人就要付出努力，而所有努力的第一步就是討好。」

「我沒有追求妳的意思。」他挑起了嘴角帶有一點勾引的意味，縱使隔那麼遠我還是有討人厭的預感，「我是來接受妳的告白的。」

我的頭好暈。

「你沒聽清楚嗎？我說，我已經把你燒成灰，燒得乾乾淨淨連一點殘渣都沒有，什麼喜歡什麼告白的通通都燒光了，一點也不剩。你要回家就趕快回家，下次不要走錯路，這裡是『我們這種普通人』的地盤，想進來先交過路費。」

「張伶悠，妳真的不知道我是把自尊拋掉之後才能走進來這裡嗎？」

我扯著衣服下襬望著他，不知道該說什麼，但孟祈遠已經以他的方式彎下身子了。雖然對我而言還是很高但人長得矮也只好接受事實。

但心中的擺盪卻必須安定。

「為什麼？」咬著唇隔了很長一段空白我才有辦法繼續話語，「現在的我感到很混亂，雖然你就站在面前卻又不能肯定，也許正因為你正站在面前才更加無法理解，第一次告白你的拒絕我能明白，第二次告白你的拒絕隔了一段時間之後好不容易也理解了，但是你卻站在這裡。

「不是隔了一天兩天而是隔了兩個多月，我努力的適應身體裡的那份愛情，也拚命抵抗對你的想念，但是你的出現卻在一秒之間瓦解了我兩個多月來的努力。我不懂。但與其說不懂或許更深的是無法肯定，也許，你只是我過於思念而看見的幻影——你是、真的站在我面前嗎？」

「我在這裡，不是想像也不是幻影，我是真的站在這裡。」

「為什麼突然、突然走了過來？」

「不是突然。」孟祈遠似乎不想回答，然而我卻必須得到答案，並不是任性而是害怕，我已經反覆的失去他了，真正能夠得到的時候卻又小心翼翼。最後他還是回答了。「我的心一直在動搖。第一次我相信只是因為妳和我生活中的人都不同所以才會有不同的感情；第二次我是真的意識到妳帶來的動搖可能會讓我的世界瓦解，所以必須推開妳，我說過，對我而言人生的第一順位不是任何人也不是愛情或者金錢，而是價值觀，所以必須捨去愛情，還有妳。

「但是妳卻寄來了一封信。」孟祈遠深深地凝望著我，深深地，「我比很多人堅強，只是原來我也沒有自己以為的堅強，失去一次可以承受，失去兩次可以忍耐，但是讀完妳的信，我卻發現自己沒辦法、也不願意負荷第三次失去妳。但是我說過，我不是少不經事的男孩，我會在價值觀和妳要的愛之間找尋平衡，我不會給妳虛幻的承諾，妳也一定會有需要忍耐的地方，這就是現實中的愛情。因為一開始就打算在現實中愛著妳。這是我唯一能給妳的承諾。」

在現實中努力愛著一個人，比編織一個美麗而夢幻的世界更需要勇氣。孟祈遠給的承諾已經太重。

望著隔著長長距離的他，差一點我就往前走了。

不行。

無論如何要堅持住。腿已經比人家短了當然是要腿長的那個走過來，我也多少需要挽救一點被他消磨殆盡的自尊心。

「……至少，我不要走過去。」

只能讓那麼多了喔。孟祈遠你不要再得寸進尺囉，不然、不然……反正這裡沒有人我走過去也沒有人會看見，嘆了一口氣我怎麼可以那麼沒志氣，死盯著自己的腳，不能動、絕對不能動，多撐一秒是一秒……

接著我聽見清晰的腳步聲迴盪在不很寬敞的走廊，抬起頭孟祈遠的身影堅定的朝我走來，朝我走來，意識到這件事我的淚水忽然掉了下來，連自己都沒有注意到滑過頰邊的是什麼，只能凝望著他。那是我的盼望也是我的奢望。

他伸出手輕輕拭去我頰邊的淚水，冰涼與溫熱同時刺激著我的知覺，那是孟祈遠，複雜而強烈的極端。

「是你走過來的喔，我都看見了喔，所以──」

孟祈遠將我擁入懷裡，濃烈的他的氣味緊緊包覆著我，靠在他的胸口我聽見他的心跳，從遇見他之後這是最踏實的一個片段。

「反正沒有人會相信的。」他的聲音裡透著笑意，「而且也沒有人可以作證。」

卑鄙鬼。

但是，謝謝你願意試著給出一點愛。

The End

番外／一千零一夜

孟祈遠並沒有為了我重建他的整個價值觀體系，**我會有限度的愛妳**，這麼現實又不浪漫的話從他口中說出來似乎只是一種日常；雖然我越想越不對，但每當我露出精明的目光幾乎要找到不對的那一點，孟祈遠就會展開完美抵禦，最後腦袋裡好不容易積攢的一點精明就瞬間蒸發了。

就像剛剛，孟祈遠只是轉過頭來露出他的招牌路西法微笑，緩慢的將身體傾向我，這裡的重點是「緩慢的」，並且帶有不容忽視的壓迫感，我的精明就是從這個慢動作裡逐漸蒸發。接著他停在我的面前溫熱的氣息輕輕打在我的肌膚上，停頓了幾秒鐘，空白的這段時間是他為了確保我的心跳加快呼吸急促同時體溫急遽升高，當身體的能量都用在生理性的運作上，思考能力就會幾乎等於零，至少在我身上屢試不爽。

這還不夠，確認了我的意志渙散之後，孟祈遠就會更靠近一點，接著以相當快的速度給我一個親吻，很快、非常的快，連一秒鐘都不到，回過神之後他已經悠哉的坐在起先的位置做著起先他在做的事，彷彿什麼都沒發生。

這時候發愣的我的體內腦內則是充斥著混亂的感受與思緒，最鮮明的兩個部分是熱感以及「他就不能停久一點嗎」，於是孟祈遠就達到目的了，因為我已經忘了自己一開始到底在想些什麼了。

我又不是背景帶著薔薇花朵的小少女，怎麼可以敗得那麼徹底呢？

專家說過，戀愛就是一種戰鬥，勝者就能在愛情的世界裡佔領制高點。雖然這個專家是許靜媛。

「妳今天恢復得特別慢，是意味著今天妳的腦袋裡存放的邪惡思想濃度比較高嗎？」

「哼，等我產生免疫力那天你就完蛋了。」

「不覺得在那之前我就已經設想到『那時候』該怎麼對付妳的方法嗎？」

「卑鄙鬼。」

「那今天晚上要留宿在我這個卑鄙鬼家裡嗎？」

雖然沒有喝水但我被自己的口水給嗆到，雙眼直直的盯著孟祈遠，留宿，他剛剛說的是這兩個字對吧，看著他嘴角的弧度說不定這是陷阱。

和他交往的這段日子，雖然大多時間都待在他家，但這也只是因為孟祈遠總是有看不完的資料，對於這種剛交往不久就陷入夫婦日常的生活我並不介意，反正我還處於「盯著對方發呆就很幸福」的階段，等過了這個階段我想也就習慣這樣的相處模式了。

但自從許靜媛一聽見「我們總是待在家」這句話之後就開始以無比曖昧的態度對待我，熱戀期總是這樣呢，三不五時就發表意味深長的感想，多吃點喔不然不小心就會瘦太多喔，每逢吃飯時間就會拍拍我的肩膀，隔壁大姐最近也加進來，我懂我懂一開始我們也是這樣……但是我不懂，一、點、都、不、懂。

妳們都不懂我的哀怨。唉。

就算幾乎都待在孟祈遠家，但時間一到他就會趕我回去，不忙的時候會送我，不過大部分都是小幽靈當保鑣；有好幾次想裝死賴在他家，例如故意喝很多酒、假裝腳扭傷或是啟動死小孩「我就是不走」模式都無功而返，他扛也要扛我回家。

「你不會都這樣對你以前的女朋友吧？」
「不會。」那時候他把我扔在我的床上，「我不習慣讓女人進我房間。」
「那……」
「妳的房間讓人連一分鐘都待不住。」
「不然、你們以前都……」
「妳覺得自己跟她們一樣嗎？」
「你是在暗示我不夠漂亮身材不夠好而且不夠聽話嗎？」趴在床上我開始裝可憐。
「既然妳都知道那應該明白我的犧牲有多大。」
「孟、祈、遠！」
「伶悠。」當孟祈遠正確的喊出我名字就表示他要開始語重心長了，「我沒有無動於衷，如果妳想知道的是這一點的話，但至少等到我們的感情穩定一點之後……總之妳快點睡吧，我先回去了。」

看著孟祈遠的背影這男人真的不懂，完全不懂，如果我們的感情沒辦法穩定最後走向分手，但至少得不到愛情我也曾經得到過他的人啊，我好想拉著他的耳朵大喊，只是媽媽從小就耳提面命女孩必須矜持，不過都快三十了我也不是女孩了，再這樣下去就挖陷阱逼孟祈遠投降好了……

小幽靈跳上沙發賴在我的腳邊，終於回過神來我看著孟祈遠的側臉，低頭看了眼自己的穿著，幸好今天沒有睡過頭而隨便抓一件衣服穿。

「如果你堅持要我留宿的話……」

「我沒有很堅持。」

「來不及了我已經聽到了你不可以反悔。」

然後孟祈遠笑了，聽見孟祈遠的笑聲小幽靈也興奮的擺動尾巴，但是我困窘得想挖一個洞躲起來，我去泡咖啡，站起身衝向廚房，但終於冷靜的瞬間我突然明白，孟祈遠終於對我們的愛情感到踏實了。

「咖啡都涼了妳還要躲在廚房多久？」

「你、你想嚇死我嗎？」

坐在地板上發呆一抬眼就對上近在咫尺的他的臉，「在消化腦袋裡的邪惡思想嗎？」

「我、我才沒有。你不去看你的資料晚上就要熬夜了啦。」

「今天本來就有熬夜的打算……」

他說的、跟我想的是不是一樣……？不行、現在不是想這些的時候。

「你想做什麼啦？咖啡在桌上你要喝自己倒。」

「想妳啊，我怎麼知道妳才不在身邊一下子我就開始想妳了。」

「你、你一定有陰謀對、對吧！」

「真讓人傷心呢，這樣懷疑這麼愛妳的男朋友。」他又靠近了一些，「應該要懲罰對吧。」

「我們一定要用這種姿勢交談嗎？」

「這姿勢不錯啊，雖然地板有點硬但躺在地上的是妳，妳不介意我也沒意見。」

「你在說些什麼亂七八糟的東西啦。」

「我只是在描述現在的情景而已，倒是妳，妳說的亂七八糟的東西到底是什麼？」

「才、才沒有。」

「張幽靈，」他伸出手撫上我的右頰，溫柔的吻了我的額際，我的腦細胞一個一個接連陣亡，他靠得很近、近到兩個人幾乎貼在一起卻又留有曖昧的空隙，「在這裡會被小幽靈看見。」

他想的、跟我想的說不定真的是一樣的……

「你、呃、那個……」

他稍微施力將我整個人帶進他懷裡，小幽靈看著我們一邊晃動著尾巴，偷偷揮動手要小幽靈離開，在牠聽話的轉身之後我輕輕靠在孟祈遠肩上。

「孟祈遠，那個……地板真的很硬。」

他悶悶的笑了，「這時候不是應該說『我愛你』之類的話嗎？我以為普通人都這樣。」

「那是為了適應你，我稍微跳脫了普通人的思維。」

「我該說謝謝嗎？」

「不客氣。」

「伶悠。」

「嗯。」

「我愛妳。」

「孟祈遠。」

「嗯。」

「我也很愛你，但是這樣抱在一起雖然感覺很浪漫，可是我的腳麻掉了……」

孟祈遠小心的抱起我，「張幽靈，妳真的很煞風景。」

「可是我的腳就是麻掉了啊，又不是我願意的，再說……」

孟祈遠乾脆的吻上我，這次超出一秒很多，在我的腦細胞全數陣亡之前我終於知道一件事，原來只要在他耳邊碎碎唸到他受不了就好了啊。

這是秘密喔。

後記

在愛情之外其實我想討論的是價值觀的差異與衝突，這麼說顯得有些沉重因而刻意以輕快甚至類似於偶像劇的角色設定來強化孟祈遠與張伶悠之間的高低落差，儘管是行走於相似道路的兩個人仍舊會有相左的價值觀，時常由於細微而刻意忽略到了某一個臨界之後卻無力挽回。我們希望克服、希望跨越而拚命說著話，拚命的搖晃，如同伶悠猛烈搖晃著孟祈遠的世界，用著理直氣壯的口吻，指控著對方的後退與阻隔，卻要到了很久之後才明白，她始終站在自己的立場鞏固著自身的世界，逼迫著對方讓步。

無可避免卻必須避免。我一直是這麼想的。

另外，這篇故事中也用了大量的對話，無論是靜媛、長頸鹿女或是桃花眼男，儘管是配角或是只有少數出場機會但都是相當重要的，對話之中所想傳遞的我想不該在這裡多說；如果願意在閱讀故事之外花費多一些時間咀嚼那些話語，也許能聽見更多聲音也說不定。

我一直是很貪心的一個人，沒有辦法安分寫個浪漫單純的愛情故事，曾經有人評論過我的作品，似乎無法過於輕鬆的閱讀，這也是沒辦法的事，畢竟我太過貪戀文青的煙霧。又或許只寫愛情讓我感到太過害羞了一點。

這篇故事和其他故事依然有著微妙的差異，我始終注意著不要讓自己的作品過於相似，有些時候並不是故事本身而是書寫方式或者營造的氛圍，或許對某些人而言困擾，畢竟就是追求某一種感覺，但我依舊會任性的、迂迴的繞著不同的路。私心裡有著小小卻奢侈的盼望，或許某天只喜歡《太近的愛情，太遙遠的你》的人、只喜歡《背對背相愛》的人、只喜歡《結束，你說是開始》的人，逐漸地會喜歡上我的文字，不單單只是某篇故事的氣氛與內容，而是這個人的文字。

雖然這個盼望有些過於奢侈了。

Sophia

All about Love / 14

幸福，未完待續

國家圖書館出版品預行編目資料
幸福，未完待續／Sophia 著.
一初版.一臺北市：春天出版國際, 2012.09
面；公分.一（All about Love ；14）
ISBN 978-986-6000-35-5（平裝）
857.7　　　　101016059

ISBN 978-986-6000-35-5
Printed in Taiwan

作　者　Sophia
封面設計　克里斯
內頁編排　三石設計
總編輯　莊宜勳
企劃主編　鍾靈

出版者　春天出版國際文化有限公司
地　址　台北市信義區信義路四段458號3樓
電　話　02-7718-0898
傳　真　02-7718-2388
E－mail　frank.spring@msa.hinet.net
網　址　http://www.bookspring.com.tw
部落格　http://blog.pixnet.net/bookspring
郵政帳號　19705538
戶　名　春天出版國際文化有限公司
法律顧問　蕭顯忠律師事務所
出版日期　二〇一二年九月初版
定　價　180元

總經銷　楨德圖書事業有限公司
地　址　台北縣新店市復興路45號3樓
電　話　02-2219-2839
傳　真　02-8667-2510

14

All about Love

14

All about Love